BOCABESADA

JUAN DEL VAL

BOCABESADA

Raquel Lagunas Díaz.
Marzo de 2024

ESPASA

Espasa, sello editorial de Editorial Planeta, S.A.
Avda. Diagonal, 662-664
08034 Barcelona

Primera edición: septiembre de 2023
Segunda edición: octubre de 2023

Preimpresión: MT Color & Diseño, S. L.

Depósito legal: B.13.611-2023
ISBN: 978-84-670-6979-2

Espasa, en su deseo de mejorar sus publicaciones, agradecerá cualquier sugerencia que los lectores hagan al departamento editorial por correo electrónico: sugerencias@espasa.es

www.espasa.com
www.planetadelibros.com

Impresión: Unigraf, S.L.
Impreso en España/*Printed in Spain*

Certificado PEFC
Este libro procede de bosques gestionados de forma sostenible y fuentes controladas
PEFC
PEFC/14-38-00305
www.pefc.es

El papel utilizado para la impresión de este libro está calificado como **papel ecológico** y procede de bosques gestionados de manera **sostenible.**

A Nuria, por todo, como siempre.

Si podéis vivir sin escribir, no escribáis.
RAINER MARIA RILKE

Una maleta azul oscura da vueltas encima de la cinta número dieciséis que sigue girando indiferente y olvidada. Hace rato que desaparecieron de su alrededor los viajeros soñolientos que pasaron la noche en el avión, caras cansadas, esa forma de sentirse sucio cuando se duerme vestido, que no es dormir ni no dormir, el pelo desordenado, el sabor espeso de la boca y el bostezo inevitable.

Esa maleta azul era una más entre otras, grandes o pequeñas, bolsas de viaje, bultos de formas indefinidas, un par de carritos de niño y mochilas tan llenas que parecen a punto de estallar. Todo ha ido desapareciendo junto a sus dueños, camino de la parada de taxis, del metro, de los autobuses, en busca de la ciudad que les absorberá, cada uno por su lado. La maleta azul hace rato que dejó de ser una más para convertirse en única, solitaria e inquietante, a la espera de que alguien la saque de allí o de que al menos detenga ese movimiento circular hacia el mismo sitio.

Una productora de series de televisión que está en un portal que está en una calle que está en uno de los mejores barrios de la ciudad.

Ana se sienta detrás de la mesa al lado de la recepción y repasa las citas en la pantalla del ordenador. Es la primera en llegar, le gusta mucho este rato a solas hasta que la productora se va llenando, ese primer café antes de que comience el ruido. Ha preparado la sala de reuniones; esta mañana vienen dos directivos de HBO para escuchar la propuesta de una nueva serie basada en uno de los libros superventas del pasado año. Estas reuniones en las que se intenta vender una serie a una plataforma se llaman *pitch*. El inglés siempre, hasta el absurdo.

Dentro de un rato, las mesas se irán ocupando. Ana vuelve a mirar su móvil, sigue sin haber ningún mensaje de Martín. Ayer discutieron, ella se marchó a casa y él a la suya, supuso. No recuerda el motivo de la discusión, fue todo extraño, él parecía diferente a otras veces.

Camilo Orellana abre la puerta y sonríe a Ana como cada mañana: «Buenos días», dice. Pantalón negro, camisa vaquera, zapatillas blancas y una americana verde de lana. El jefe siempre es el primero que llega después de ella. Guapo, amable, seguro, seductor, Camilo es definitivamente superior al resto. Así le ve Ana. En todo. Son las nueve menos diez de la mañana.

Camilo Orellana tiene cincuenta y un años que no aparenta, cincuenta y un años de plena forma. Camilo es viudo y tiene un hijo de casi treinta que se llama como él. Camilo, el padre, empezó a vivir muy pronto. Camilo, el hijo, se quedó huérfano de madre cuando entraba en la adolescencia. Al chaval le costó superarlo, será por eso que nunca ha estado centrado. Los psicólogos mantuvieron cierto control en la mente de aquel niño dolorido, aunque siempre ha estado al límite del precipicio. Demasiada juerga, compañías regulares, más cocaína de la necesaria. Vive con su padre, su currículum: dos carreras empezadas sin pasar del segundo curso. Camilo confunde a menudo la fecha en la que se quedó viudo, tiene que pensar mucho tiempo para concretar con exactitud cuándo se produjo la muerte de Estefanía, así se llamaba su mujer. Ahora se van a cumplir quince años. Un cáncer de páncreas, rápido y violento, acabó con ella en pocos meses. Apenas les había dado tiempo para asimilar el diagnóstico cuando Camilo y su hijo recogían las cenizas de Estefanía para depositarlas en un nicho del cementerio de Pozuelo de Alarcón, el municipio donde ella había nacido y donde vivía la familia. Padre e hijo, vendieron la casa en la urbanización La Finca en la que residían y se mudaron a Madrid, al barrio de Salamanca, cerca de la productora BB. Allí sigue viviendo con su hijo, que aún no ha cotizado porque sigue buscando su camino. Escribe guiones, casi siempre malos, que su padre analiza sin la más mínima compasión, alguna escena suelta hace intuir un talento irregular y escaso. Camilo quiere a su hijo, otra cosa es que le caiga bien.

Jacinto, el portero del edificio, hace rato que metió los cubos de basura vacíos dentro del patio y los agredió con la manguera de agua a presión y un poco de lejía. Como cada día, lo hace antes de colocarse su traje gris de paño grueso y su corbata negra para empezar la jornada. En verano, mantiene la corbata encima de una camisa blanca de manga corta. Hoy Jacinto ha comenzado bien el día. Camilo, el dueño de BB, la productora de cine y series para televisión del cuarto piso, le ha dado esta mañana un puro habano, lo hace de vez en cuando. «Disfrútalo, que es de los buenos», afirma con esa seguridad con la que lo dice todo. Jacinto, el portero del edificio desde hace más de treinta años, no lo sabe, pero Camilo Orellana le da el habano por superstición, siente que hacerlo le trae suerte; no hay ningún motivo para creerlo, pero lo cree. «Quién sabe», piensa, hoy tienen el *pitch* con los de HBO para una serie. Jacinto ha desayunado, como cada mañana, picatostes con café con leche muy caliente que le ha preparado Agustina, su mujer. Anda preocupado porque ella tiene la cabeza cada vez peor, a ratos no lo conoce y se queda con la mirada perdida. En alguna ocasión, le ha confundido con su hijo, Miguel; otra vez se alarmó al verle con ella en la cama, como si fuera un extraño. Jacinto no quiere pensar en eso, pero lo hace mientras guarda el puro en el cajoncito de la mesa de la portería.

Rocío Vizcaíno vuelve hoy a BB después de la baja maternal a la que añadió días de vacaciones pendientes, en total lleva poco más de cuatro meses fuera. A Ana no le gusta Rocío, aunque procura, sin éxito, que no se le note. «Ojalá no se haya recuperado del embarazo y siga gorda», piensa. A veces los pensamientos se oyen a gritos. Rocío Vizcaíno es la jefa del departamento de producción de BB en la que trabajan cuatro chicas más; chicas invisibles, diferentes pero idénticas, cuatro que podrían ser una, como una parecen las cuatro mesas enfrentadas, dos con dos, en las que se sientan. Hay una más gordita, otra de mechas más claras, otra de ojos azules y otra de pecho más abundante... Eficaces las cuatro que son una, bajo la tutela de Rocío. Se llaman Laura, Eugenia, Carmen y Pilar, pero qué más da cómo se llamen. Seguramente tendrán sus familias, sus padres que las quieren, hermanos quizá, dos de ellas puede que incluso tengan pareja, las otras dos a lo mejor no, y tendrán sus ilusiones, su atractivo y sus complejos, aunque todo eso también da igual. Son chicas, mujeres, personas irrelevantes las cuatro para muchos dentro de BB. Trabajan para Rocío en el departamento de producción que es uno de los más importantes de la empresa, pero para algunos no cambiaría nada si sustituyeran a cualquiera de ellas por otra cualquiera. Cualquiera, ese pronombre tan cruel. Tan indefinido.

Camilo le ha dicho a Ana que encargue un ramo de flores de bienvenida para Rocío y que en la tarjeta ponga justamente eso: «Bienvenida, Rocío». Ana es secretaria de dirección de BB, una especie de coordinadora general de la empresa y, sobre todo, la secretaria personal de Camilo, su mano derecha. «Y la izquierda», añade él con un tono demasiado condescendiente que a ella le molesta un poco. A veces se siente una pieza importante de la productora, otras, una simple chica para todo. A las diez bajará a por el ramo, cuando abra la floristería que hay en la esquina. Es el negocio más bonito que hay en la calle en la que está el número 23, en cuya cuarta planta está BB. Entre la floristería y el portal 23 hay un restaurante que se llama La Torreta, al que Camilo Orellana lleva a las visitas importantes o baja a almorzar él solo. El jefe no come nunca en la productora. La mayoría de los empleados se traen comida de casa y la toman en el comedor, una sala habilitada para eso con nevera, microondas y cafetera. Algunos, los que viven más cerca, se van a su domicilio y vuelven sobre las cuatro.

«¿Dónde estás?», Ana le escribe un wasap a Martín. «Esta mañana vienen los de HBO para la serie sobre tu libro, supongo que lo sabrás», añade en el siguiente. «Debería interesarte, la verdad es que no te entiendo», el tercer wasap. Él los ha leído, ella lo sabe, el doble clic azul. A Ana le recorre por el estómago una mezcla de preocupación y enfado, también rabia. Rabia lo que más. Nunca debió empezar esa relación, que no es una relación. Ya es tarde, ahora es dependiente de él, de él y del sexo con él, tan distinto y tan brutal. La productora ya está llena, ha llegado todo el mundo.

En la esquina de la calle, César abre las tres persianas metálicas pintadas de blanco de Flores Marisa, mientras su mujer, Marisa, saca plantas y flores del interior que van ocupando parte de la acera convirtiéndola en una especie de jardín en miniatura, desubicado, que brota cada mañana embelleciendo la esquina y desaparece a las ocho y media de la tarde cuando cierra el negocio, dejando la calle en blanco y negro.

César y Marisa bordean los setenta; ella setenta y uno, él sesenta y ocho, aunque Marisa siempre dice que tienen la misma edad sin que él la contradiga. Se hicieron floristas hace más de veinte años, cuando despidieron a César del Banco Guipuzcoano donde trabajaba como administrativo. Con el dinero de la indemnización y el subsidio de los dos años de paro que solicitó en un solo pago, alquilaron un local modesto en la calle Conde de Peñalver y montaron una floristería que él se empeñó en que llevara el nombre de su mujer. Marisa siempre había trabajado en un invernadero y sabía todo de flores y plantas, a César le fascinaba escucharla hablar con pasión de ese mundo tan lejano al suyo hecho de libros de contabilidad; él siempre decía que ella era una recopilación de todas las flores, que olía a todas las flores juntas.

César ama a Marisa de manera incondicional, casi sumisa, la sumisión de los fieles ante su dios.

El negocio floreció, a César le hacía gracia ese verbo para definir el éxito de la floristería: «Nunca mejor dicho», afirmaba con una sonrisita que le daba una apariencia de ser bastante menos listo de lo que era. Aquel primer local se quedó pequeño y se trasladaron a esta esquina, en la zona más cara de Madrid, cambiando el paisaje de las dos calles en las que confluye.

César, flaco, pelo blanco y bigotito perfectamente dibujado, tierno y débil, de esas personas que parece que puede deshacerse en cualquier momento como una figura de plastilina; Marisa es difícil que esté más de cinco minutos sin sonreír, gordita se define ella, con ese diminutivo benevolente que suaviza la realidad de sus ochenta kilos en su uno sesenta, pelo cardado teñido de rubio, el color que tenía antes de volverse blanco.

Empieza para ellos la mañana. César se pone su bata azul con dos bolígrafos Bic en el bolsillo del pecho y ella, un delantal blanco con un volante. «Hola, guapa —Ana le devuelve la sonrisa a Marisa—, quería unas flores para una compañera que ha sido madre y que hoy vuelve a trabajar». Marisa informa de los precios de varios tipos de flores para construir el ramo. «Uno normalito», aclara Ana. «Dile a don Camilo que se pase por aquí, que últimamente no se deja ver», comenta Marisa. «¿Vas a poner una tarjeta?», pregunta César. «Sí, pero escríbala usted mismo, que ponga "Bienvenida, Rocío"».

Ana pide que las lleve el repartidor esta misma mañana, César se ofrece a hacerlo él, qué necesidad de repartidor si está ahí al lado. Ana sale de la floristería y consulta su móvil una vez más, ni rastro de Martín. Solo tiene un wasap de Camilo para decirle que Nuria Cadenas, una de las ejecutivas de HBO que viene esta mañana, bebe leche de soja y no hay en la sala de reuniones. «Ahora falta la puta leche de soja», murmura Ana.

En la oficina, Rocío explica con todo detalle los cuatro meses de vida de su bebé, a la que le ha puesto Antonia, que ahora es un nombre moderno, al parecer. Las compañeras creen que llamarla así es una putada porque Antonia es nombre de abuela, pobre niña.

Ana ha entrado en La Torreta para hacer la reserva a Camilo y, de paso, pedir allí un cartón de leche de soja. Detrás de la barra está Sebastián, del que ella nunca recuerda el nombre: «¿Sabes que no se puede decir leche de soja? Hay que llamarla bebida de soja, porque no es leche, y los animalistas han protestado por eso», le informa el camarero. «Ah», contesta Ana fingiendo interés. «¿La apunto en la cuenta del jefe?», pregunta Sebastián, pero ella no contesta, acaba de sonar un pitido en su móvil, por fin es Martín: «Necesito marcharme, lo siento».

Ella se llamaba Carlos, como su padre, y lo supo desde siempre; en realidad, fue lo primero que supo. Era un niño rubio, muy guapo como casi todos los rubios cuando son niños; ya se sabe que de mayores la cosa cambia. En su caso se mantuvo guapo, dulce, débil y distinto. Un adolescente a la defensiva, huidizo de tanta risa disimulada a su alrededor que penetraba en su oído y desde allí se expandía por cada rincón de su cuerpo, provocando dolor. A veces, todavía cree que oye esas burlas de sus primos en las reuniones familiares, la vergüenza de su padre y la cobardía de su madre, que nunca estuvo donde tenía que estar en ese empeño de mirar hacia otro lado.

Carlos solo era feliz con su abuela Adela, con ella todo era más sencillo. Su cómplice. Cada tarde, después del colegio, Adela le sacaba del altillo de su alcoba las muñecas, las peinaban y les hacían vestidos mientras escuchaban recopilaciones de coplas, a Lola y a la Pantoja y a Rocío Jurado, aunque la mejor para la abuela era Marifé, en eso no había discusión. Nadie podía entrar en ese universo de Carlos y Adela en la alcoba de la abuela. Él, ni siquiera cuando logró ser ella, se ha sentido nunca tan libre como lo fue entre esas cuatro paredes.

Cuando llegaban los padres de trabajar en la tienda de ultramarinos que tenían en el pueblo, Adela escondía las muñecas de su nieto en el altillo, se apagaban las coplas y volvía la vergüenza.

Carlos dejó de existir, si es que existió alguna vez, y ahora es Adela, no pudo elegir otro nombre, y está a punto de entrar a hacer una prueba para un papel en *Iguales*, una miniserie que produce BB para Prime Video que va por su tercera temporada. Ella no conoce los detalles, solo que es un personaje nuevo y que se trata de una transexual, otra vez. Dos directoras de cine que son pareja quieren visibilizar esta problemática, somos muy inclusivas, dicen ellas mismas de sí mismas en todas sus entrevistas.

—Piensa que vas borracha, muy borracha, casi no te tienes en pie —explica la directora de *casting,* a la que se le intuye poca paciencia—, y dices el texto.

—¿Este texto? —pregunta Adela, mirando la separata que le han dado al entrar en la sala.

—Sí, claro. ¿Qué texto va a ser? —se desespera la directora de *casting.*

—«¡Ven aquí, que te voy a comer la polla, maricón!».

—Más borracha, por favor.

—«¡Ven aquí, que te voy a comer la polla, maricón!». —Adela arrastra las palabras.

—Dale más intención.

—¿Más intención?

—Claro, más intención. Eres puta, te has metido de todo, estás borracha en la calle.

—«¡Ven aquí, que te voy a comer la polla, maricón!».

—¿Podrías poner la voz un poco más grave?

—¿Más grave?

—¡Más masculina!

—Yo soy una mujer, lo siento.

—Adela, te llamabas Adela, ¿verdad? Es que me da igual quién seas tú, el papel es para una transexual que se llama Luna y es una prostituta borracha, ¿me entiendes?

—«¡Ven aquí, que te voy a comer la polla, maricón!». —La última palabra casi no se oye. Adela baja la cabeza.

—Eso es todo. Muchas gracias por venir.

Nuria Cadenas y Nacho Blázquez son los dos directivos de HBO que vienen a BB a escuchar el *pitch* de la nueva serie basada en la novela de Martín. Ella es la jefa de él, poco jefa en realidad, porque ambos tienen otro jefe que ese sí es jefe de verdad. El que firma las decisiones que ellos toman y el que, naturalmente, gana mucho más dinero. Nacho tiene pretensiones artísticas, a Nuria le hubiera gustado tener el talento que no tiene. Ella es una mujer muy atractiva, él lo es más bien poco. Nuria fue la adolescente más guapa de su barrio, de su clase y de su familia, soñó con ser actriz-famosa, lo primero no tenía para ella ningún sentido sin lo segundo. Eso no pudo ser, faltó vocación, un poco de suerte y también esa cosa que tienen unas pocas y no tienen las demás. Ella nunca fue de esas pocas, siempre estuvo entre las demás. Ser de «las demás» es no ser, te desprovee de identidad, otra hormiga. A los tres o cuatro *castings* sin resultado positivo, supo virar para buscar otro camino. «A mí lo que me gusta es estar detrás de las cámaras», se autoconvenció.

Nuria y Nacho se conocen desde hace muchos años, nunca han sido amigos, pero han coincidido en varios programas de entretenimiento como redactores o guionistas. Desde hace un tiempo, el destino profesional les ha vuelto a unir en HBO, casi una casualidad. Nunca se cayeron ni bien ni mal, dos compañeros más, como tantos. Una vez se enrollaron, aunque la cosa no fue a más. Fue en la fiesta de cumpleaños de un cámara, cuando trabajaban en un programa en el que Nuria era subdirectora y Nacho, coordinador de guion. Se pasaron la noche tonteando, algunas copas de más, y llegaron a besarse en el servicio del local. Nacho cree recordar que incluso le tocó las tetas y el culo durante aquel beso, pero posiblemente no fue así. En la memoria de Nuria está que fueron dos picos y que no hubo ni lengua. Ella paró porque al día siguiente tendría que volver a verle, esa lucidez, casi siempre femenina. Ninguno de los dos volvió a hablar nunca de aquella noche ni de aquel beso, con lengua o sin lengua.

Han progresado, si progresar es tener una nómina fija, y en la última remodelación de la plataforma, el director los contrató a los dos como directivos. Les va mejor desde que dejaron el entretenimiento en programas de televisión y empezaron a escribir ficción en series, y en el caso de Nacho para un par de largometrajes que no tuvieron ninguna trascendencia, aunque sí buena recaudación. Ni siquiera a él le gustaban aquellas películas en las que aparecían veinteañeros de torsos compactos y veinteañeras con culos espléndidos que follaban sin venir a cuento unos con otros y a veces todos a la vez, se drogaban, se engañaban y se arrepentían antes de que todo acabara bien. Y bien significaba que los protagonistas terminaban juntos y con la certeza de que sería para siempre, como siempre. Nacho escribía al dictado y lo hacía de manera solvente y eficaz, que es la forma más triste de escribir.

Nacho y Nuria se sientan en el centro de la mesa ovalada de la sala de reuniones de BB. Enfrente de Nuria está Camilo Orellana; a su derecha, cara a cara con Nacho, Rocío Vizcaíno por si hay que hablar de presupuesto, y a su izquierda, casi en la esquina de la mesa, Luis Recio, un guionista *freelance* que ha convertido la novela en un guion de la serie que quieren vender a HBO. Camilo empieza la reunión justificando la ausencia de Martín Varela, el autor del libro del que van a hablar. Dice que le ha sido imposible venir por un problema personal, aunque él tampoco tiene ni idea de dónde está. Camilo asegura que Martín «está implicadísimo en este proyecto».

Todos se conocen entre sí. Nacho y Nuria se interesan por la reciente maternidad de Rocío, que no para de decir que está encantada. Ana entra en la sala y ofrece café, agua o lo que quieran. Los hombres piden agua, Nuria un café con leche de soja —Camilo conocía sus gustos— y Rocío le pide un cortado con leche desnatada templada, lo hace sin mirarla. «Por joder», piensa Ana al prepararlo. Mira de nuevo su móvil. No tiene ningún mensaje.

La reunión avanza según lo previsto. Unos quieren vender y los otros se dejan seducir sin que se les note demasiado si les gusta mucho o si no les gusta nada. Funciona así. Camilo da a entender que la serie la pueden ofrecer a otras plataformas antes de que el guionista explique la adaptación de la novela y la propia novela en sí, que ni Nacho ni Nuria han leído. Conocen perfectamente al autor, que además es guionista y colaborador de programas de televisión y que en los últimos tres años se ha convertido en un personaje muy popular. Quizá por eso, o no, la última novela de Martín Varela ha sido una de las más vendidas del año. Se titula *Edén* y es una obra coral con muchos personajes ambientada en una urbanización de lujo a las afueras de Madrid. El éxito de ventas, las posibilidades que da la urbanización como escenario, la variedad de personajes y algunas de las tramas la hacen atractiva para convertirla en serie, pero habrá que ver otros factores, por ejemplo, la pasta: «Es una serie cara», interviene Rocío. «No es barata», matiza porque le suena mejor la segunda frase, aunque las dos signifiquen exactamente lo mismo. Es una novela de personajes, el *casting* ha de ser potente. Y hay lujo. «Mucho lujo», apostilla el guionista, que hace un rato terminó de explicar la serie, pero al que le cuesta estar callado. Hay personas a las que el silencio destroza, el silencio en general y especialmente el suyo propio. Estar callado es estar desnudo, vulnerable, inseguro, ansioso. Hablan sin que las palabras vayan a ningún sitio, simplemente se esparcen por la habitación y se diluyen sin dejar la más mínima huella. Lo insustancial. Tener que llenar, tapar, el silencio, ese vacío que es tormento. Será que las personas que hablan mucho tienen miedo. «Mucho miedo», habría apostillado el guionista.

Jennifer Estrada siempre quiso ser actriz. Desde que era niña le pedía a su madre participar en *castings* para hacer anuncios o películas, o a lo mejor fue la madre la que la indujo a hacer aquellas pruebas. Teniendo en cuenta que le puso de nombre Jennifer, algo ya se podía intuir. Da igual que fuera una o la otra porque las dos estaban encantadas con que la niña saliera en la tele, no importaba de qué manera.

Jennifer fue una niña guapa siempre; en la adolescencia, su belleza tornó a exótica y ahora, a punto de cumplir los veintisiete, es una mujer espectacular. Hay veces que la naturaleza —o Dios para los que creen—, la genética —siempre tan caprichosa— o, sobre todo, la suerte se ceban con el físico de las personas para bien o para mal. Si los extraterrestres existieran y vinieran a la tierra, podrían pensar a primera vista que los humanos más bellos y los de peor suerte con sus atributos no pertenecen a la misma especie. En ocasiones son más distintos unos a otros y unas a otras que un ciervo y una coneja.

A Jennifer, la naturaleza, el Señor, la genética y la suerte le construyeron una cara bellísima y un cuerpo de proporciones casi perfectas. Desde los ojos claros, el pelo negro abundante, la dentadura blanca y alineada, los labios gruesos, el busto proporcionado, la cintura en su sitio, el culo redondo y las piernas largas; todo en ella es envidiable. De niña participó en incontables anuncios y algunas series de televisión, también ha sido modelo de fotografía y ha hecho sus pinitos en las pasarelas, y desde que tenía diecisiete años es actriz profesional. Ha hecho varias películas y ha formado parte del elenco de otras tantas series para cadenas generalistas y plataformas con distintas productoras. Nunca ha sido la protagonista, ni el público en general asociaría su nombre a su cara ni su cara a algún papel concreto de los muchos que ha interpretado. Es reconocible de manera imprecisa si la gente se cruza con ella por la calle. La mayoría la han visto sin recordar muy bien dónde. Le gusta el lujo. Vive en un ático en la calle Hermosilla, en pleno barrio de Salamanca, suele visitar tiendas caras de la milla de oro, tiene algunos bolsos de más de tres mil euros, zapatos de quinientos y una vez cada dos o tres semanas cena en restaurantes con alguna estrella Michelin. Su carrera como actriz y modelo de publicidad va bien, pero no da para tanto. Los ingresos para pagar todos sus excesos con las tarjetas salen de otro lado. Su objetivo, triunfar como actriz; su prioridad, vivir muy bien.

Todo comenzó en la agencia de modelos donde hacía trabajos publicitarios. La dueña le hizo una primera propuesta, nada complicada. Tenía que asistir a la fiesta de cumpleaños de un empresario, nada más. Iban otras chicas de la agencia y habría gente importante, famosos de distintas profesiones y seguramente algún futbolista; podría ser divertido. Solo por ir cobraría seiscientos euros en efectivo. «¿Solo por asistir?», insistió ella; «¡Solo por asistir!», le aseguró la dueña de la agencia. Así fue. Muchos hombres quisieron ligar con ella y con otras chicas, lo normal en cualquier fiesta. Ella se aburrió un poco, pero el sitio era bonito. Bailó con algunas compañeras y llegó a mojarse los pies en la piscina del chalé de La Moraleja donde se celebraba el cumpleaños. Sobre las dos de la madrugada regresó a casa y se durmió. Al día siguiente se fue a Loewe a comprarse unos zapatos. «¿Qué hay de malo en esto?». No encontraba una respuesta. Jennifer siguió con su vida, sus *castings*, sus sesiones de fotos, sus publicidades en Instagram y sus papeles secundarios en series. Hubo otras propuestas, claro. Para acudir a fiestas, pero debería ser «un poco más receptiva, tú me entiendes», le dijo la de la agencia. Al principio, no aceptó, pero cuando le ofrecieron mil euros, accedió. Luego fue a una cena en casa con un empresario y después otro, más tarde algún futbolista que se encaprichaba de ella a través de su Instagram o un directivo que quería invitarla a cenar en un restaurante de moda. Después, había de ser cariñosa y procurar que no se notara que en la cama estaba trabajando. Esa tarifa son dos mil. «¿Y por qué no?», se ha seguido preguntando sin encontrar la respuesta. A veces hasta se lo pasa bien; otras, cubre el trámite. Ella no es prostituta. «Soy amiga por horas». «Yo elijo, soy la dueña de mi cuerpo». «¿Qué hay de malo?», se repite mientras se prueba una camisa de Valentino y otra de Givenchy. No sabe por cuál decidirse, así que se va a llevar las dos.

Martín Varela duda si escribir a Ana, pero no lo hace. Pone su móvil en modo avión, la azafata le acaba de pedir que lo haga. «Es usted, ¿verdad?», le pregunta sonriendo. «He leído su libro», suspira, «Me encantó», suspira, «Parece una serie de televisión», suspira, «Qué pena no haberlo traído para que me lo firmase», suspira, «Pero, claro, quién lo iba a saber», suspira. Él se abrocha el cinturón y sonríe a la azafata a la que ha recorrido entera con la mirada mientras ella hablaba y suspiraba. «Gracias, Olga», dice mirando la chapita en la que aparece el nombre de la auxiliar admiradora. «Ya hablaremos durante el vuelo», piensa sin ninguna inocencia. Martín no lo sabe, pero cuando llegue a Nueva York no estará allí su maleta azul marino. Un error absurdo la mantiene dando vueltas en la cinta dieciséis de la Terminal 4 del aeropuerto de Barajas.

Martín y Olga hablaron un rato en la parte trasera del avión a mitad de vuelo cuando él fue a pedirle un vaso de agua. La azafata, un poco más tranquila que en el primer encuentro de hacía un rato, le comentó lo mucho que habían significado para ella sus novelas, todo lo que había sentido leyéndolas y lo fascinada que estaba con la facilidad con la que Martín era capaz de ponerse en la piel de las mujeres, hasta en el sexo: «No sé cómo puedes escribir esas cosas sin ser una tía». Martín sonreía sin contradecir los piropos, bebiendo a sorbos el agua en el vaso de plástico como el que saborea un Vega Sicilia. «¿Y a qué vas a Nueva York?», «A escribir, buscando algo de inspiración», respondió él. A ella no le pudo parecer más sexy ese propósito, casi se excitó de pensar en Martín delante del teclado escribiendo una escena de sexo en la que ella fuese la protagonista. Él le pidió el teléfono, se mandarían un wasap cuando tuvieran wifi. Ella se lo dictó tan nerviosa que dudó varias veces en algunos números hasta que por fin dijo las nueve cifras correctas y en orden. A la salida del avión se despidieron con discreción, se iban a ver dentro de unas horas comiendo una hamburguesa.

«Mi nombre es Martín Varela. Acabo de llegar en un vuelo directo de Madrid y mi equipaje no ha salido por la cinta. Es una maleta azul oscura de tela», se desespera ante una funcionaria mulata y gordísima en el aeropuerto JFK de Nueva York. La mujer habla un español lejano, como de tercera generación, algún abuelo sería colombiano, o puertorriqueño, o dominicano; sí, debe ser de ascendencia dominicana porque dice *Niuyol.* Martín se alegra de no haber facturado la mochila con el ordenador y un par de libros que tendrá que leer mientras empieza a escribir su siguiente novela. Nueva York es el sitio adecuado para hacerlo, solo y sin conocer a nadie, ni siquiera el idioma. Aquí escribirá la novela con la que se consagrará definitivamente. Es lo que piensa cada vez que empieza a escribir una nueva.

Adela llora disimuladamente en una cafetería, al lado de la oficina de las directoras de *casting*. Escribe a su representante «No ha ido bien»; él no le contesta. Tampoco lo hizo cuando le contó que iba a hacer la prueba. Se siente estúpida.

Remueve un Cola-Cao demasiado caliente, el primer trago le quema la lengua. Ella es actriz porque no podía ser otra cosa, no por vocación. Actriz o puta, en eso tienen razón las directoras inclusivas. Hace veinte años no había mucha más salida para una persona como ella, con su media melena, las cejas depiladas, las uñas pintadas y que llevaba bragas debajo del pantalón. Nadie la hubiera contratado de otra cosa. Y si existía la más mínima posibilidad de que eso sucediera —pasó una vez en una papelería y otra en un supermercado—, se desvanecía cuando la persona del otro lado de la mesa leía su nombre en el DNI: Carlos Cifuentes. Para Adela su documentación era un trauma. Identidad, esa palabra: la constatación legal de su dolor en el documento oficial.

Sí, Adela fue puta durante dos o tres épocas en su vida. Chapero, travesti, *crossdresser*, así se anunciaba. Cuando añadió en el anuncio por palabras «... con buena polla», la clientela subió. «A lo mejor es eso lo único que sé hacer, para lo único que realmente sirvo». Tenía miedo.

Celia es médica y persona de confianza del doctor Areta, el cirujano que operó a Adela de cambio de sexo. Areta realiza esas intervenciones en Barcelona, pero también tiene clínica en Madrid, donde suele hacer operaciones estéticas más convencionales, pechos, nariz, pómulos, labios, *liftings*... Celia es su mano derecha y la responsable de la clínica madrileña cuando él está en Barcelona. Ella fue la primera persona que la atendió cuando preguntó por la operación de cambio de sexo. Celia le hizo aquella primera entrevista antes de derivarla al doctor Areta, y desde ese primer instante las dos conectaron de una manera casi mágica. Adela quería ser actriz y Celia está casada con un guionista de series reconvertido en directivo, llamado Nacho Blázquez. Celia es ahora una de sus mejores amigas. Ella sí le coge el teléfono a la primera: «No te preocupes, Adela, habrá más *castings*», la anima.

Nuria Cadenas y Nacho Blázquez regresan a su oficina; el proyecto de adaptar esa novela de la urbanización tiene buena pinta, también algunas lagunas, eso les ha parecido a los dos. En estas decisiones es importante estar de acuerdo, aprobar o rechazar una serie siempre es arriesgado y conviene tomar la decisión de forma conjunta. Sería un error aceptarla y que luego no tenga suficiente audiencia, pero puede haber algo peor, que la compre la competencia y sea un éxito. Con ese miedo se toman las decisiones, el triunfo del otro casi siempre es tu fracaso. Claro que hay pactos de no agresión, buenas relaciones interesadas entre empresas y directivos, guionistas, responsables de contenidos, productores. Todo el mundo sabe que mañana pueden estar en otro puesto de otra compañía o en el otro lado de la mesa. Nuria y Nacho ya han entrado en esa rueda de directivos y pretenden no dejar de serlo. En la comunicación suele ser así, al margen de errores o falta de talento, cuando se está ya no se deja de estar, se asciende un poco o se desciende levemente, te ficha una productora u otra, esta cadena o aquella, esa plataforma o la de enfrente; de esa rueda casi nunca se sale. Basta con no arriesgar demasiado, ni jugártela del todo. La pasión es contraproducente para un directivo, es conveniente creer a medias, no ir más allá de un «a ver qué tal funciona». Y así se pagan los colegios privados de los niños, una cuidadora, con sus papeles y todo, la hipoteca de una buena casa, lujos modestos y un todoterreno de gama casi alta. A veces, cuando Nacho piensa en esto se pone triste y sueña con dejarlo todo y escribir una novela de verdad, que trascienda. Él siente que no escribir es hacerse daño, traicionarse, no ser quien es. Siempre piensa en la respuesta que el oráculo griego dio a un hombre, un amigo le habló de eso y aquello le marcó: «La vida consiste en llegar a ser lo que eres». Nacho Blázquez detesta su falta de valentía en esta existencia burguesa, cómoda y aburrida en la que tiene mucha importancia la potencia de tu coche, las pulgadas del televisor y el partido de pádel antes de ir a cenar al *japo* de moda. Sus padres están orgullosos de él, tiene un puestazo.

Ana coge el metro a eso de las nueve, no hay forma de salir antes casi nunca. A esa hora está más despejado los días de diario, la mayoría de la gente ya está en casa. En el vagón cuenta once personas; dos chicas ríen en los asientos enfrente de ella, de unos dieciséis o diecisiete años, maquilladas en exceso, se enseñan los móviles la una a la otra con caras de asombro, risas, complicidad; parecen leer mensajes, seguramente de los chicos con los que han quedado. Ana está segura de que son las únicas personas del vagón que no van camino de casa, las dos únicas que no necesitan descansar, están en plenitud. Las envidia. Siente nostalgia de algo que ella nunca vivió e imagina que puede volver atrás, a reír en el metro camino de una cita insustancial con algún chico al que pronto olvidará por otro nuevo amor. A ella no le dio tiempo de ser adolescente, ese momento de la vida en el que nos tomamos tan en serio las cosas que no tienen ninguna importancia. Piensa en el azar. Qué otra cosa sino el azar causó aquel embarazo un día cualquiera con dieciséis años. Cuántas posibilidades había de que aquello ocurriera, sus amigas hicieron lo mismo, miles de adolescentes lo hacen y después siguen con sus vidas. Aquella fue una noche absurda que lo cambió todo, que convirtió de pronto el juego en trabajo, la inocencia en responsabilidad. Ana besa a su hijo al llegar a casa, él le responde con alegría: «Mamá, te estaba esperando, he sacado un nueve en mates». «Enhorabuena, cariño», le responde. Daniel cumplirá diecisiete años el mes que viene, treinta y tres tiene Ana. El chico ha preparado la cena, una ensalada con champiñones y una tortilla de patatas, le gusta cocinar. Se siente orgullosa de él, aunque no está de buen humor para decírselo. Martín sigue sin llamar. «Tengo que olvidarme de este tío». Olvidarle y volver a empezar, una vez más. Esta vez sin nadie, no merece la pena.

Rocío acaba de dormir a Antonia en la cuna y vuelve al salón. Su marido, Ernesto, está viendo el fútbol sin demasiado interés, al parecer es un partido intrascendente. «Ya está dormida», le informa. «Ya era hora», protesta él con la misma desgana con la que mira al televisor. Todavía no han tenido sexo desde que nació la niña, tampoco en los últimos meses de embarazo, va para medio año sin apenas rozarse. Es posible que ya sea el momento. Rocío lo piensa algunas veces, pero siempre se excita a destiempo. Por las mañanas, cuando él ya se ha ido, en el coche, hoy en la vuelta al trabajo. Ahora, en el sofá, teniéndole a lado, sin embargo, no parece fácil empezar. A lo mejor solo es eso, empezar, y que a partir de ahí vuelva el deseo y el placer, como sucedía antes. «¿Qué haces? Ahora no», Ernesto la separa y aparta la mano que ella había puesto en su muslo. «Estoy cansado», se justifica. Rocío lo acepta resignada, tampoco a ella le apetece tanto. Es una mala época, de incertidumbre. Antonia lo ha cambiado todo, ha deshecho algunas cosas, la certeza de la felicidad, la fantasía de que todo iba a ser más bonito. Rocío se recompone y se levanta del sofá donde él finge interés por el partido. «No hagas ruido al entrar en la habitación, no vayas a despertar a la niña», Ernesto asiente con la cabeza. «La niña, siempre la niña», piensa con rabia, una rabia que a él mismo le asusta un poco.

Olga, la azafata, muerde de un solo bocado casi media hamburguesa de JG Melon en la Tercera Avenida, en el Upper East Side. Ella misma se da cuenta de que no ha calculado bien y le cuesta dominar la carne, el pan, el tomate, la lechuga y la cebolla dentro de la boca, un poquito de mayonesa se le ha quedado pegada encima del labio. Martín no le advierte, supone que la siguiente vez que se limpie la servilleta arrastrará ese residuo. Olga tiene poco más de cuarenta, es una mujer atractiva, voluptuosa, de carnes aparentemente duras, contundente, alta; una mujer a la que, sin ser gorda, se le intuye mucho peso. Maciza, dirían los hombres de otra generación anterior a la de Martín. Lleva un pantalón vaquero ajustado, unas botas camperas y una camisa blanca que no disimula un pecho grande que desea escaparse del sujetador para desparramarse. Martín le cuenta a Olga que ha pasado por un H&M en Broadway para comprar ropa interior, algunas camisetas y dos camisas, y en una *farmacy*, cosas de aseo hasta que aparezca su maleta, que, según la funcionaria gorda del JFK, tardará un par de días en llegar a *Niuyol*. La mayonesa ha desaparecido del labio de Olga, ella misma se ha dado cuenta al pasar la servilleta, «Uy, avísame tonto»; él se ríe. Siente que tiene controlada la situación, intuye los nervios de ella, que hace un esfuerzo por disimular la emoción que le provoca estar comiéndose una hamburguesa con el escritor al que admira, con el personaje que le fascina, con el que muchas tardes ha bromeado con amigas: «A ese me lo tiraría sin dudar».

Martín decidió marcharse el día en que, en uno de los programas en los que colabora, le dieron la palabra y dijo una obviedad que el público celebró con una sonora ovación. En ese momento no supo lo que le pasaba exactamente, simplemente se sintió mal. Acabó aquel programa, uno más de los dos o tres en los que intervenía cada semana, se despidió de los compañeros y fue a recoger el coche para marcharse a casa. Al salir del plató había, como cada noche, algunos fans para hacerse fotos con él y con otros colaboradores del programa: «Ey, Martín, fenómeno, ¿nos echamos una foto?». «Sí, claro», él sonreía por compromiso. Fue llegando más gente, otra foto y otra. Un hombre le estrechó la mano pegajosa y una señora muy perfumada le abrazó y le dio dos besos con la cara húmeda de sudor. «¡Qué guapo eres, hijo!». A Martín se le revolvió el estómago. Quiso huir camino del coche, pero un señor le agarró del brazo: «Venga otra foto, hombre, que te veo todas las noches, ¡*quéjodíoelMartín*!». En el mismo instante en el que el hombre apretaba el botón de su móvil con una sonrisa estúpida mirando a la pantalla para hacerse el selfi al lado de su ídolo, a Martín le sobrevino una arcada incontrolable, luego otra y otra más. Intentó alejarse de aquel hombre que le tenía abrazado y que no dejaba de sonreír, pero no logró impedir que el vómito les salpicara los zapatos y los pantalones de rodilla para abajo al estrellarse de forma violenta contra el suelo, ese ruido del líquido espeso golpeando el asfalto... Martín no dijo nada y se marchó por fin liberado hacia su coche, mientras el señor se quedó inmóvil, manteniendo inalterable su cara de tonto. De camino a su casa, Martín decidió que esa noche había hecho su última intervención televisiva.

Olga está encima de Martín en una habitación del hotel Westin, cerca de Times Square en la 43 con la Octava. En ese hotel se hospedan las tripulaciones de Iberia cuando viajan a Nueva York. Sentada, de rodillas con las manos apoyadas en el pecho de Martín se mueve con él dentro. Quiere retrasar el orgasmo, es el tercero que tiene sin cambiar de posición. Martín agarra sus caderas indicando el movimiento que Olga ha de hacer con su pelvis, adelante y atrás, arriba y abajo. Cuando sube la intensidad y el movimiento se acelera, ella misma agarra sus pechos, que como intuía Martín cuando los veía debajo del sujetador, son enormes. Ella se vuelve a correr, esta vez más despacio. Le da un poco de vergüenza perder el control de esa manera. Sabe que ese rubor es absurdo, pero lo tiene. Él apenas se inmuta, ella duda de si le gusta lo suficiente. «Si le gustara mucho, se correría antes», piensa en voz alta. Él le dice que eso no tiene nada que ver, Olga no lo entiende, pero no le contradice. Es posible que no lo vuelva a ver, quién sabe. Así que lo va a disfrutar el tiempo que quede. No sabe cuándo le tocará volver a Nueva York.

Jacinto limpia los cubos de basura canturreando *Mediterráneo*, de Serrat, su canción preferida a pesar de haber nacido en un pueblo de Ciudad Real. Está contento porque hoy vienen a comer su hijo, Miguel, y su novia; además, parece que en los últimos días Agustina tiene la cabeza más en su sitio, apenas le ha confundido y casi todas las veces le ha llamado por su nombre. A ella se le ilumina la cara cuando oye decir a su marido que va a venir el chico. Han tenido mucha suerte con él, Miguel es un buen hijo. Estudió *marketing* y se fue a Londres para perfeccionar el inglés. No encontró trabajo de lo suyo, así que fue camarero en un par de restaurantes y en un hotel, primero llevando y trayendo maletas, y más tarde como recepcionista por aquello de hablar español. De allí se trajo un perfecto inglés, experiencia en servir mesas y a Marisa, una española con la que coincidió en uno de los restaurantes. Después de dos años, regresaron a España, aunque aquí tampoco ha salido nada de *marketing*. Miguel y Marisa trabajan de lo que va surgiendo. «Algún día te saldrá una buena colocación», Jacinto siempre anima a su hijo. Agustina saca de la nevera las croquetas que moldeó y empanó ayer por la noche para freírlas a la hora de la comida. Ha hecho muchas, así que las que sobren se las pueden llevar los chicos en un táper, incluso frías están buenísimas. Jacinto guarda los cubos en el cuarto de las basuras y vuelve al portal con su sonrisa de trabajo que hoy le sale sola, mientras sigue canturreando *Mediterráneo.* «Naino naino, naino naino...».

Una de las cosas que más molestaba a Martín de su fama era ir a los concursos de televisión a los que le invitaban. Le molestaba por varios motivos, aunque al final siempre acababan imponiéndose los tres mil euros, más o menos, que le pagaban por acudir. Ese es el caché que las productoras tienen para que famosos, da igual de qué tipo, acudan al programa a ayudar a los concursantes a llevarse el premio, aunque, en realidad, van como comparsas, algo así como monos de feria para dar colorido, y de paso promocionar cualquier cosa que hayan hecho últimamente, libro, disco, película o alguna nueva colección de joyas o de camisetas divertidas. Martín detesta este tipo de programas en general y el de *Pasapalabra,* en particular. Tardó en reconocer el motivo de ese rechazo hasta que se dio cuenta de que lo que realmente no soportaba era a los concursantes. Lo descubrió el día que fue a *Pasapalabra* por primera vez; la editorial en la que publica consideró que era una buena idea acudir para promocionar una de sus novelas. Y así fue, la semana en que se emitió el programa hubo un repunte de ventas después del ratito en el que el presentador pregunta a los invitados: «¿Qué estás haciendo en este momento?», y el famoso contesta: «Estoy encantado con la acogida de mi último libro, que ya va por la quinta edición...». Y el presentador dice: «¡Qué maravilla!», y así se pasan un rato poniendo caras de estar muy felices. A Martín le cae muy bien el presentador, le da buenas sensaciones, todo lo contrario que la mayoría de sus concursantes. Aquel primer día que Martín fue a *Pasapalabra* descubrió que aquellos papagayos que se sabían el diccionario de memoria le producían un rechazo insuperable. Le pasó lo mismo la segunda vez que acudió. Seguramente si hubiera ido a algún psicólogo, le habría ayudado a descubrir el motivo oculto de ese repudio, tal vez alguna frustración de su época de estudiante fracasado, pero al psicólogo es mejor ir para cosas importantes. La tercera y, de momento, la última vez que ha ido a este concurso estaba en el equipo de Cayetano Areces, según dicen, uno de los mejores participantes que nunca hayan pasado por el programa y que, para desesperación de Martín, resultó ser su «fan número uno», eso le dijo sonriendo con una boca de dientes completamente desordenados. Cayetano Areces todavía sigue concursando muchos meses después, gana un programa tras otro, y nadie duda de que algún día se llevará el bote que ya ha superado los dos millones de euros y del que se ha quedado a un solo acierto en varias ocasiones. Martín Varela ha tenido la tentación de escribir en alguna novela su animadversión hacia todos los concursos, con *Pasapalabra* a la cabeza, y hacia todos los concursantes, con Cayetano Areces en primera posición.

Nunca ha visto la ocasión para escribirlo y, además, eso provocaría mucho enfado y con toda seguridad impediría que le volvieran a llamar para promocionar cualquier novela. Eso sí, siempre puede decir que es ficción, que es un personaje, y que a él, en realidad, le encantan los concursos.

Ana desayuna sin ganas junto a Daniel. A menudo mira a su hijo sin reconocerle, imagina en su rostro al padre que no existió y cuyo paradero es una incógnita casi desde aquella noche en la que dejó de ser una niña para convertirse en adulta, súbitamente y para siempre. El padre nunca supo que lo fue, ella no lo encontró al enterarse del embarazo y después dejó de buscar. Nadie le conocía, era de algún grupo de amigos de una amiga, quién sabe. No recuerda apenas su rostro, que imagina como el de Daniel. Moreno, de cejas anchas, de pómulos marcados y mofletes hundidos, nariz grande y bien construida y unos ojos negros que transmiten, sin diferenciarse claramente, bondad, tristeza y debilidad. Flaco, alto, patilargo hasta la parodia, Ana espera que se igualen las proporciones de su cuerpo cuando deje atrás definitivamente la pubertad. Los hijos no siempre nos salen guapos.

Ana está acostumbrada a huir de la tristeza, una sombra gris a la que teme y por la que nunca se deja atrapar; ese vacío en el estómago que sube por el pecho hasta la garganta para cerrarla y que no pase ni el aire. Así empieza a sentirse mientras remueve el café mirando a Daniel, que unta las tostadas con mantequilla y mucha mermelada. «Qué suerte no engordar, hijo». «Ojalá engordara, mamá, soy un escombro». «No vuelvas a decir eso, ¿me oyes?», Ana se enfada con el chico. Daniel sonríe falsamente, pero no le sale. «Cuerpo escombro, así me llaman», a él mismo le hace un poco de gracia. Es un buen chico, a veces ella le ve como alguien adulto, pero le reconforta cuando comprueba que no lo es, le gusta que siga siendo su niño, le asusta que crezca, le da miedo que sufra como sufren los adultos; prefiere verle así, sentirse protectora, «¿Te hago un zumo?». Ana se siente mejor, el vacío de su estómago se va llenando y la tristeza desaparece de la garganta, el café empieza a pasar, incluso lo saborea. «¿Y de chicas qué tal, hay alguna novia por ahí?».

Camilo presiente que los de HBO no van a comprar la serie, es algo que se intuye, son muchos años en el negocio. Quizá haya más suerte en Netflix, Movistar, Prime Video, Apple... Él no presta demasiada atención a los fracasos, entiende que es perder el tiempo. BB es su sueño cumplido, algo inimaginable cuando creó la productora hace ya dos décadas sin saber muy bien en qué consistía el negocio audiovisual. Ni siquiera tenía claro un día antes de registrarla el nombre que le iba a poner: Bocabesada. También la conocen como BB, indistintamente.

Camilo Orellana no ha vuelto a tener pareja estable desde que se quedó viudo. Algunos piensan que es por no haber superado la muerte de su mujer, y a él no le importa que se señale el amor eterno hacia su esposa como el motivo de no haber formalizado ninguna otra relación. Para los demás —especialmente para las demás—, hay algo atractivo en esa nostalgia, en la idealización de un amor cuando se pierde. Verle como un hombre sensible incapaz de haber superado aquella herida, a pesar de su triunfo profesional, le convierte en un objeto de deseo aún más codiciado. Una buena amiga le contó esta teoría: «Cada mujer va a querer salvarte, cada una de ellas va a intentar ser la elegida, la causante de que vuelvas a sentir aquel amor que perdiste. Van a querer ser Meg Ryan en *Algo para recordar*». En esa peli, Meg enamora a Tom Hanks, que interpreta a un viudo cuyo hijo quiere que su padre vuelva a sentir el amor verdadero. Tom, Meg y el niño se convierten en familia en el Empire State en la última escena de una película que es casi imposible ver sin llorar. A Camilo le conviene de vez en cuando fomentar el malentendido de no haber superado la muerte de su mujer. Le conviene, pero no es verdad. Quería a Estefanía, y cuando murió sintió una tristeza inmensa durante unos meses en los que sí creyó que jamás podría volver a disfrutar, a vivir con alegría, a tener sexo con otras mujeres, a ir al fútbol con la misma pasión, a succionar unas ostras, a cuidarse para mantenerse atractivo, a seguir haciendo crecer BB. Todo eso pensó en aquellos primeros meses, pero la tristeza pasó, porque lo bueno de la tristeza es que también se muere. También acaba convertida en cenizas dentro de una urna, y abrirla es casi siempre un ejercicio de voluntad, hay que desearlo, por mucho que los poetas se empeñen en negarlo, y en definirla como un sentimiento imbatible. Allá ellos. Recuperar ese sentimiento, la nostalgia, la melancolía, ser de nuevo la víctima de un destino adverso en ocasiones reconforta, pero no sirve de nada.

Camilo no jugó al juego perverso de no recuperarse y volvió a vivir. A desear y a ser deseado, descubriendo que lo segundo le gustaba mucho más que lo primero. Hoy, como todos los días, sale a comer un poco después de las dos. Se despide de Ana, que le contempla con admiración, guapo, alto, tan seguro, aparentemente tan inaccesible. Camilo le sonríe como siempre. Él sabe que Martín Varela y ella tienen una relación. Él cree que Ana es solo una más para el escritor, él sabe que ella va a sufrir, él sabe que hay mujeres propensas a destruirse, hay mujeres que necesitan tener siempre abierta la urna de la tristeza.

César pasea con Marisa por Carabanchel con un ramo de flores blancas. A ella le gusta coger del brazo a su marido, colgándose un poco de él, así ya no pasea casi nadie. Las parejas jóvenes van a un metro de distancia, como mucho se cogen de la mano en los buenos momentos, pero las mujeres ya no agarran a sus maridos entrelazando los codos. César se siente protector y Marisa, orgullosa de su hombre, que, aunque sea un poco menudo, para ella tiene las dimensiones perfectas. Le gusta verle elegante, su ropa impecable, la camisa planchada de forma casi inverosímil, ni la más mínima arruga ni en el pecho ni en la espalda, el pantalón con la raya perfectamente definida en el centro justo de la pierna y los zapatos relucientes. Cuando se sientan a tomar algo y se produce una ligerísima alteración en el alisado de la ropa de César, a Marisa le perturba observar esas mínimas arrugas, inevitables, casi como una agresión a sus sentidos. A él le gusta ella siempre, tal cual es. Con su pelo teñido de rubio, el color del que era antes de ser blanco, cardado cuatro o cinco centímetros más arriba de lo recomendable, sus kilos de más y su permanente olor a flores frescas. A menudo piensa en las distintas maneras en las que acabaría con su vida si ella muriera antes que él. No resistiría su ausencia: «Ojalá sea yo el que me vaya antes al otro barrio». A César y Marisa no les falta de nada, salvo los hijos. No pudo ser, tres abortos sobre el quinto mes y luego la niña que llegó a nacer prematura, apenas setecientos gramos, débil, frágil, la vida en un hilo. Pasó tres meses en la incubadora, tres meses luchando por mantenerse en este mundo, tres meses de rezos, llanto y esperanza de sus padres. Todos los días, desde las ocho de la mañana, uno de los dos estaba junto a su hija hasta que a las ocho de la tarde les mandaban obligatoriamente a casa, a partir de esa hora las visitas estaban prohibidas. Cada veinticuatro horas que pasaban era una buena noticia, unos milímetros más de cuerpo, un poquito más en el lado de la vida. Sus pulmones, su hígado, su corazón, su estómago, diminutos, su piel casi transparente, sus huesecitos blandos quisieron crecer buscando independencia fuera de aquel cajón transparente. Necesitaba suerte. Ellos soñaban con poder abrazar aquel cuerpecito; seguro que, si lo hubieran hecho, su amor, su calor habría sido energía para salir adelante. Salió cruz. Una noche, Marisa se despertó sobresaltada, había tenido un mal presentimiento, despertó a César: «Vámonos al hospital». Eran las cuatro de la mañana. En ese instante sonó el teléfono, que César cogió todavía aturdido. «Lo siento, su hija ha muerto». Marisa tardó muchos meses en llorar; César, años en volver a sonreír con ganas. Nunca hablan de ella, ni de ese vacío que dejó aquella niña a la que no pudieron abrazar. Cada primero de mes van juntos al cementerio a ponerle a su hija un ramo de flores blancas.

Laura, Eugenia, Carmen y Pilar están en plena preproducción de *Iguales,* la miniserie para Prime Video, además de cerrar los planes de rodaje de otras que BB tiene en marcha. Hay días en los que el trabajo les sobrepasa. Se llevan muy bien, son casi amigas. Se necesitan y se ayudan, cada una de una manera distinta son de fiar para las otras. Las cuatro entraron casi al mismo tiempo; Laura y Eugenia unos meses antes que Carmen y Pilar, que sustituyeron a otras dos chicas a las que Rocío despidió «por subnormales». Así se lo explicaba a cualquiera que quisiera escucharla. Aquellas dos chicas cometieron varios errores en las citaciones de algunos actores en una serie, aunque lo más grave fue que una de ellas, no se supo cuál, equivocó las liquidaciones de unos con otros, con lo que se desveló el caché de cada uno. Fue un lío enorme y un enfado monumental, especialmente de aquellos que menos cobraban en relación con sus compañeros de reparto. Camilo habló con los agentes de los más desfavorecidos, les mintió argumentándoles que los sueldos los marcaba la plataforma y todo volvió a la normalidad. Carmen y Pilar sustituyeron a aquellas dos productoras, ocuparon sus mesas, sus ordenadores y se hicieron con su agenda sin que el paisaje cambiara lo más mínimo en Bocabesada. Ninguna de las cuatro ha pasado al despacho de Camilo Orellana en los dos años que llevan trabajando en la empresa. Para Rocío son vitales, su eficacia es determinante para el funcionamiento de las producciones, pero el dueño no sabe sus nombres, quizá de los cuatro podría acertar un par, pero seguramente no los asignaría a la chica correcta. Laura es la más gordita; Eugenia tiene las mechas del pelo más claras; Carmen, unos ojos azules preciosos y Pilar se puso pecho, un poco desproporcionado para su anatomía. Laura sale con un chico desde hace cuatro años; Eugenia se casó el año pasado; Carmen tiene la ilusión de ser madre cuando encuentre a la persona adecuada y Pilar está harta de rollos en Tinder que no van a ninguna parte. La mayor de todas es Laura, que tiene treinta y tres, y la más joven, Pilar, que acaba de cumplir treinta.

Iguales es una serie de éxito que en esta tercera temporada ha sustituido a los dos actores principales, dos jóvenes muy guapos con millones de seguidores en redes, de los que están enamoradas todas las chicas y algunos chicos de entre once y diecisiete años. Está por ver si tienen o no talento, o si algún día podrían llegar a ser buenos actores, incluso muy buenos, pero mientras llega ese día firman contratos publicitarios millonarios y no paran de recibir ofertas de series. Los dos han decidido dejar *Iguales*; al parecer, estaban cansados de interpretar los papeles que les han hecho famosos y querían «explorar nuevos límites interpretativos»; uno de ellos no sabía muy bien lo que significaba esa frase cuando le dijeron que la utilizara en todas las entrevistas. En realidad, todavía no sabe bien lo que significa. Tanto en BB como en Prime Video están expectantes y algo temerosos con el cambio de las que han sido hasta el momento las estrellas de la serie. Los sustitutos son dos actores nuevos que han sido modelos, Edu Quintana y Rubén Cuevas, también son muy guapos y tampoco se sabe qué cualidades artísticas poseen, eso por ahora no es tan importante.

Casi todo el *casting* está cerrado para esta tercera temporada, salvo el del personaje de Luna. Rocío se acerca a pedirle a Pilar que localice a una actriz. Las directoras quieren hacerle una nueva prueba. No terminan de encontrar al personaje de la transexual. «Cítala para mañana en la oficina de las directoras de *casting*. Se llama Adela Cifuentes».

Martín Varela se despidió de los programas en los que colabora de una manera parecida a como lo hizo con Ana. A través de un wasap en el que explicaba que necesitaba marcharse, que de momento no contaran con él para hacer televisión. Martín había alquilado una habitación en Central Park West, en el Upper, una de las zonas más caras de Manhattan. Es un cuarto amplio en un piso de lujo propiedad de una pareja gay que han pasado de los sesenta y que admiten a huéspedes como su principal fuente de ingresos, en realidad la única. Alquilan tres habitaciones, cada una de ellas con baño propio, por las que se pagan en torno a los dos mil dólares. Esto da derecho a compartir un salón enorme con vistas a Central Park y una cocina en la que hay que establecer turnos para cocinar. Cada inquilino tiene reservada una balda en la nevera.

Uno de los dueños del piso nació en España, aunque vino a Estados Unidos con sus padres cuando tenía diez años. Su pareja es neoyorquina y llevan juntos más de treinta años. Kevin y Luis, al que llaman el Español, son pintores y escultores, artistas en general, y se conocieron en una exposición de otro amigo común que había sido novio de Kevin y que luego lo fue de Luis. De los tres, el tercero fue el único que realmente obtuvo un éxito artístico notable. Kevin y Luis nunca trascendieron y, por supuesto, este piso con vistas a Central Park no ha salido de las ventas de sus cuadros y esculturas, sino de la herencia de Kevin, hijo y nieto de multimillonarios neoyorquinos, educado en los mejores colegios, culto, de maneras exquisitas, con una sensibilidad especial para apreciar el arte, pero muy limitada para crearlo. Tenía una buena asignación y tras la muerte de su padre heredó este piso y un millón de dólares del que la pareja ha vivido varios años sin reparar en gastos, hasta que se agotaron los fondos y decidieron alquilar las habitaciones a clientes cuidadosamente seleccionados. Luis el Español ha sido siempre el guapo de la pareja y a la vez un poco sumiso a su novio, sumiso voluntario, encantado de serlo. Kevin le abrió su mundo de la alta sociedad neoyorquina, le educó, Luis fue *my fair lady*, él su Pigmalión. Han llevado una vida sin preocupaciones, donde sobraba siempre tiempo para todo, para recrearse en la lectura, en la música, en largas sobremesas, en noches despreocupadas y en mañanas sin despertador. Martín encontró este contacto a través de un editor y tuvo la suerte de que el Español le conociera de sus apariciones en el canal internacional de Atresmedia, que suele ver para no perder la práctica de su lengua materna. Luis incluso había comprado una de sus novelas, aunque nunca llegó a leerla. Martín se siente bien, escondido, furtivo en esta habitación neoyorquina. Tiene una ligera idea de la novela que quiere escribir, aunque todo está aún por definir. Se sienta delante del ordenador y comienza a pulsar las teclas. La única manera de escribir es empezar a escribir. Esa es la única cosa que tiene clara de este oficio.

No falta casi nadie, incluso hay periodistas en la puerta del tanatorio pidiendo alguna declaración sobre su figura a los actores que trabajaron con él. Han venido los más famosos y algunos otros que tuvieron papeles más irrelevantes en sus series. También directivos de las cadenas generalistas, de todas las plataformas y de la competencia. Se agrupan en corrillos, brazos cruzados, trajes, corbatas, gafas de sol oscuras, mirando a ninguna parte. El dolor es real, todo el mundo ha llorado, cuesta no hacerlo en cada uno de los abrazos, es difícil de asumir lo que ha pasado. No falta nadie de BB; han decidido cerrar. A Rocío le cuesta mantenerse en pie, siente debilidad y el estómago revuelto; Ana llora sola en un rincón, nadie se lo puede creer. A Jacinto, el portero del edificio, le tiemblan las manos. Se siente desubicado, pero tenía que venir. Le apreciaba mucho, hacía tiempo que no sentía tanta tristeza. La muerte genera debates absurdos, cuál es la mejor forma de morirse es uno de ellos. Con tiempo para despedirte o de repente, traspasando en un instante la línea para siempre. Él era ateo, presumía de serlo, convencido: «Nadie va a ninguna parte, ese día es el fin, no hay más». Ayer estaba lleno de proyectos, una buena vida, un futuro en el que no había malos presagios, todo funcionaba, todo estaba en orden, ahora impacta demasiado imaginar que está en el interior de este ataúd, que dentro de unas horas será cenizas. La muerte debería tener siempre alguna épica, regalarnos un último instante de heroicidad, morir, por ejemplo, salvando la vida a algún niño, morir por una buena causa, morir evitando cualquier tragedia... Sin embargo, la muerte se produce a menudo de manera absurda, sin argumentos para construir un relato de interés. Un despiste acaba con todo, es casi cómico. La mala suerte, el destino, era su hora: otra vez todos esos debates inútiles intentando comprender, quizá ahuyentar el miedo que nos da ser tan débiles. Un despiste, no mirar hacia la derecha y un conductor que va más deprisa de la cuenta mirando el móvil, un segundo, un impacto en la cadera, primera fractura, el cuerpo se suspende en el aire y golpea contra el parabrisas destrozándolo, el cuello se retuerce, dos vértebras se rompen, la médula se parte, cuando golpea por última vez el suelo ya todo ha terminado. Gritos, espanto, móviles llamando a emergencias, un grupo se arremolina rodeando el cuerpo. «Mejor no moverlo». La sangre empapa el asfalto, el conductor se tira de los pelos, no le sale la voz, se sienta en la acera y llora, no quiere mirar. La policía, la ambulancia, prisas, caos: «Despejen, por favor». Los médicos intentan reanimar el cuerpo inerte, es imposible. No hay nada que hacer. Una manta de papel luminoso tapa el cuerpo, pero los pies quedan descubiertos. Un zapato sigue puesto, el otro saltó por los aires y aterrizó en la acera. Un par de horas más tarde sonó el teléfono, era una llamada más: «BB, dígame». La recepcionista se la pasó a Ana, que lo cogió con normalidad: esta mañana ha habido un atropello en la calle Velázquez, muy cerca del Retiro. Ha muerto Camilo Orellana.

Nuria Cadenas y Nacho Blázquez se plantean encargar el desarrollo de *Edén,* la novela de Martín Varela, para convertirla en serie y emitirla en HBO. Hace algunas semanas pensaban no hacerlo, pero en el audiovisual todo puede variar de un día para otro. No tiene nada que ver la muerte de Camilo, sino con que otra serie que ya estaba presupuestada en su plataforma se está retrasando. Está habiendo problemas con los guiones, el director que estaba apalabrado ha decidido dirigir otro proyecto y una de las protagonistas femeninas ha dicho que no en el último momento con el contrato ya redactado. Cosas así pasan continuamente, casualidades que cambian el destino de las cosas.

El retraso de esa serie puede convertir a *Edén* en una prioridad después de haber sido descartada. En las grandes compañías audiovisuales, las estrategias no suelen ser tan meditadas como parece si no se conoce su funcionamiento desde dentro. El rechazo o la aprobación de una serie, de un programa o de una película no obedece la mayoría de las veces a opiniones demasiado fundamentadas ni a estudios profundos, ni siquiera a criterios objetivos. En ocasiones, simplemente se sigue la estela de lo último que tuvo éxito en otra plataforma de la competencia o, como en este caso, que la serie que ya estaba presupuestada tenga que retrasarse. Nuria y Nacho saben que cualquier otra plataforma comprará *Edén* si no lo hacen ellos. La muerte de Camilo Orellana ha generado algunas incertidumbres, la primera quién será a partir de ahora la cabeza visible, la persona que ha de tomar las decisiones, el interlocutor para negociar.

Hay un silencio insoportable en BB. Algo de oscuridad, de espesura, un clima nuboso en el interior de las oficinas; si no fuera imposible, parecería que está a punto de llover debajo del techo y se van a inundar las mesas y las alfombras, da la sensación de que pesa el aire en cada departamento. La tristeza, el dolor de los que más le querían y la incertidumbre de todos los demás contamina el ambiente. A ratos se olvida lo que ha pasado y parece que en cualquier momento se abrirá la puerta de su despacho y aparecerá Camilo pidiendo algún documento, que le pasen con un guionista o dispuesto a empezar cualquier reunión con esa seguridad que transmitía, alguien en el que el fracaso no se contemplaba, al que era imposible que le sucediera nada malo.

Más de cuarenta personas, departamento financiero, legal, de producción, de nuevos proyectos, de *marketing*, diseño, todos solventan la rutina con eficacia. Solicitud de permisos para los rodajes, revisar contratos de proveedores, redactar los de los artistas, añadiendo o modificando cláusulas. En *marketing* y diseño se trabaja en las series por estrenar y en hacer atractivos los documentos de venta. En nuevos proyectos se sigue recibiendo a gente que trae «guiones supernovedosos», que siempre son iguales; «proyectos transgresores para todos los públicos» que ni transgreden ni interesan a nadie; «series que todavía no se han hecho en España» exactamente iguales a otras diez que ya se han hecho en España. Y, de vez en cuando, también llegan ideas interesantes, casi siempre las menos pretenciosas. Todos se mueven por inercia, todo parece funcionar con normalidad a la espera de no se sabe bien qué.

Rocío y Ana se miran sin hablarse. Ellas, que nunca se llevaron bien, ahora sienten un hilo invisible que las une. El dolor de una se ve en el espejo de la otra, se reconocen en la tristeza por la muerte de Camilo. A las dos les apetece abrazarse, ninguna da el primer paso. Lo que las separó, sin decirlo y sin reconocerlo, cuando Camilo estaba vivo, es lo que las une ahora que está muerto. Hubo un tiempo en el que ambas estuvieron enamoradas de él, las dos tuvieron miedo de que eligiera definitivamente a la otra. Fueron rivales, se distanciaron, pero ahora ya no queda ni rastro de los motivos que provocaron esa distancia entre ellas: los muertos no provocan celos, no sirven ni para eso.

Jacinto da vueltas por el portal, aunque ya ha terminado su jornada laboral. Agustina, su mujer, está teniendo una tarde horrible, todo es revuelo en su cabeza. Su casa es demasiado pequeña como para deambular de un lado a otro porque ambos extremos están demasiado cerca. Para ser exactos, tampoco es su casa, se trata de un habitáculo que hay detrás de la portería del edificio destinado a vivienda para el conserje. Unos cuarenta metros cuadrados en los que han vivido él, Agustina y Miguel hasta que el chico empezó la universidad y se alquiló una habitación en un piso de estudiantes. Allí se independizó de casi todo menos de los táper de croquetas que semanalmente le hacía Agustina.

La vivienda no ha variado apenas su decoración en los últimos treinta años, desde que a Jacinto le ofrecieron este trabajo, que iba a durar apenas unos meses, y se trasladó con Agustina. Una salita mínima con una mesa camilla en el centro cubierta por una falda de flores, un sofá verde de dos plazas, otro butacón de una y un mueble de cuya parte de abajo sale una cama en la que durmió el chico hasta que se fue. En la de arriba, unas baldas con una foto de su comunión, una de los tres cuando fueron a veranear a Torremolinos hace veinte años, figuritas pequeñas de barro dentro de una cristalera y tres botellas de güisqui, coñac y anís con el tapón pegado por el azúcar del alcohol seco desde la última vez que se abrieron hará unas tres o cuatro Navidades. En esa salita hay dos puertas, una que da a la habitación de matrimonio en la que cabe un pequeño armario y una cama de uno treinta y cinco que tiene un cabecero marrón grueso, como de cama más importante, y encima una lámina enmarcada de *El Cristo* de Dalí. La otra da a una cocina de pequeñísimas dimensiones de azulejos blancos, un par de armarios verdes y dos fuegos alimentados por butano. De allí sale otra puerta por la que se accede a un baño con una ducha, un lavabo y un váter, sin prácticamente espacio para el suelo.

Esta noche Agustina sufre porque ha perdido a su bebé y su marido no aparece. Ese que dice que es su marido es un señor mayor al que no conoce. Jacinto ha llamado a su Miguel para intentar tranquilizar a su madre y al llegar le ha confundido con su marido. El alzhéimer es una enfermedad tan cómica como cruel. Es dolor y olvido, absurdo y pena, es desgarro y ridículo. «Papá, esto no puede seguir así, hay que llevarla a una residencia y que la atiendan bien», dice el chico. «Antes de llevarla a un sitio así, me muero yo», se defiende Jacinto, pero sabiendo que tiene razón. Agustina canta canciones de niños, de su infancia y la infancia de su hijo. Sonríe, son épocas felices. El miedo le llega cuando aparece ese viejo a acostarse con ella, su bebé está en peligro y empieza a gritar: «¿Quién eres tú? Jacinto es mi marido, tú no eres Jacinto». A él le entran la risa y las ganas de llorar al mismo tiempo, a ella se le pierde la mirada hacia el vacío en ese instante en el que parece recobrar el sentido para regresar de inmediato a ese lugar lejano que fue y que ya no es. «Estaba una pastora, larán, larán, larito, estaba una pastora cuidando un rebañito...», canta feliz, soñando que salta a la comba en una calle de su pueblo mientras su hijo le acaricia el pelo antes de acostarla.

Suena el timbre en BB. La recepcionista pulsa el botón de abrir desde la mesa. Camilo, hijo, acompañado de un señor mayor, empuja la puerta y se acerca. Ana los ve desde su sitio y se levanta para abrazarle, en el funeral de su padre apenas pudieron hablar, el chico estaba destrozado. No venía demasiado a Bocabesada, pero cuando lo hacía era muy simpático con todo el mundo. La gente aquí siempre le ha tenido cariño, ahora también le tiene compasión. El señor mayor interrumpe el saludo de Camilo y Ana: «Soy Carlos Bustamante, notario, y Camilo me ha pedido que le acompañe». Ana le saluda cordial. «Nos gustaría tener una reunión con todos los empleados. —El notario habla en plural, pero solo lo hace él—: Queremos hablar con ellos esta misma mañana». Camilo está nervioso, se le nota por lo mucho que quiere disimularlo.

La maleta de Martín no llegó a *Niuyol;* después de algunas semanas va asumiendo que quizá haya desaparecido para siempre. Le produce impotencia y rabia, sí, pero no le desestabiliza. Quizá en otra época de su vida hubiera puesto quejas, habría realizado escritos, hubiera interpuesto una demanda y reclamado una indemnización, pero, en este momento, Martín no quiere enfadarse con nadie ni por nada, no quiere desgastarse, necesita intacta toda su energía. En la maleta azul no había nada de gran valor, salvo la ropa cara que le gusta llevar y un par de libros de Antonio Soler y de Annie Ernaux, autores a los que siempre relee cuando está escribiendo. Quizá la pérdida de la maleta sea algo simbólico de esta estancia en Nueva York, quedarse sin pertenencias a seis mil kilómetros de su mundo, sin apenas contactos, sin conocer el idioma y sin que casi nadie sepa dónde está. Sentirse desnudo es algo literario, eso de «desnudarse escribiendo» que todos los escritores prometen y casi ninguno cumple. Martín se cuelga de este tópico y se autoconvence de que la pérdida de su maleta es una especie de señal. «Estando desnudo es como mejor se escribe», se repite.

El notario prosigue: «... Dos tercios de esta productora serán ahora propiedad de Camilo Orellana, aquí presente, que, como sabéis, es hijo de Camilo Orellana, recientemente fallecido —dice el notario de forma un poco sobreactuada—. Queríamos comunicaros a todos los trabajadores de Bocabesada la voluntad de Camilo Orellana, expresada hace unos meses en testamento que firmó ante mí y que es perfectamente legal a todos los efectos...». Camilo era supersticioso y pensó que hacer testamento, siendo tan joven para morir, podría tentar a la suerte. Quién sabe si tenía razón. Daba igual, necesitaba dejar las cosas atadas por si le ocurría algo antes de que algún día se supiera su secreto.

Martín Varela se lo ha tomado tan en serio que se ha puesto delante del ordenador completamente desnudo. La novela va fluyendo en sus inicios, está todavía en esa fase de presentación de los personajes y las primeras tramas. Nunca había escrito físicamente desnudo, le desconcentra, le avergüenza y le pone en una situación vulnerable, eso le parece que beneficiará al libro. No le gusta escribir sobre certezas, prefiere dudar. Comienza a relatar una escena de sexo, se inspira en la relación que tuvo en el hotel de Olga, la azafata de Iberia de pecho abundante. Más que inspirarse, describe de manera bastante precisa algunos momentos con ella. Se recrea en uno concreto, cuando ella se apoyaba desnuda en el cristal de la ventana mirando las luces de los edificios de Manhattan mientras Martín la follaba con dureza desde atrás. Ella se masturbaba mientras él empujaba con toda la fuerza que podía. En el momento en el que Martín describe el instante en que Olga se corre, tiene una erección bajo el escritorio. Piensa tocarse, pero prefiere salir del texto y entra en internet para teclear las palabras «*scorts* Manhattan», quizá contrate a una chica para que venga un rato a su habitación.

«Camilo Orellana ocupará a partir de ahora el despacho de su padre, es lo lógico», continúa el notario. El chico apenas levanta la vista del suelo, es el centro de todas las miradas sin que él sepa muy bien hacia dónde dirigir la suya. Está avergonzado, nunca había estado en una situación ni siquiera parecida, consciente de que no sabe nada de lo que tendrá que hacer a partir de mañana. Antes de venir a la productora, el notario le recomendó hablar a los empleados para «hacerse respetar». Él aceptó, pero ahora que se acerca el momento de hacerlo ha olvidado el discurso que se había preparado, no está seguro de que le salgan las palabras. El notario todavía tiene algo que añadir. Lo hace mirando un papel, no se sabe si lee o se lo sabe de memoria: «Por expreso deseo de Camilo Orellana, la toma de decisiones deberá producirse de manera consensuada entre su hijo, Camilo, y la jefa de producción, la señora Rocío Vizcaíno González, que a partir de ahora pasa a ser la directora general de Bocabesada».

Martín se precipita a abrir la puerta cuando llaman al timbre. Kevin y Luis, que estaban cocinado unos canelones, se sorprenden de que se adelante a ellos hacia la entrada: «Estoy esperando a una amiga». Luis le traduce a Kevin que, al verla pasar por el pasillo, entiende que el escritor y la chica se acaban de conocer. La condición que puso Martín al llamar a la agencia de contactos fue que la *scort* hablase español, petición que ha sido atendida a medias porque se anuncia latina, pero es brasileña, habla un portugués cerradísimo y no entiende ni una palabra de español. En realidad, no tiene ningún parecido con la mujer que él había contratado, es unos diez años mayor y pesa unos diez kilos más. Martín tiene la tentación de decirle que se vaya, pero los trescientos dólares los tendría que pagar de todas formas.

La mirada de todos los empleados se dirige hacia Rocío. La mayoría se alegra por ella, a Ana se la ve sonreír. Laura, Eugenia, Carmen y Pilar, sus ayudantes, se miran con cierta emoción. Las cuatro intuyen que si Rocío tiene más poder, será bueno para ellas, pero se esfuerzan en no mostrar el más mínimo atisbo de satisfacción. Esto se produce porque ha muerto una persona. La nueva directora general no quiere cruzar su mirada con nadie. En ese instante le vienen a la mente muchos recuerdos, tiene ganas de llorar, Camilo debería haberle contado que iba a hacer testamento, le habría gustado saber sus planes. Está casi segura de lo que el notario va a leer a continuación.

La brasileña está encima de Martín sin parar de decir: *«Muito gustoso... goça, goça... muito gustoso... goça, goça»*, de una manera tan mecánica y tan fingida que a Martín le cuesta concentrarse. La chica tiene las tetas cónicas, como unas pequeñas mangas pasteleras cerradas en la punta por dos pezones oscurísimos, casi negros. Justo debajo, el estómago del que salen dos pliegues, que ocultan el vientre del que salen otras dos lorzas sobre su pubis depilado con maquinilla hace ya unos días. Pincha un poco. *«Muito gustoso... goça, goça... Muito gustoso... goça, goça»*, es una pésima actriz y transmite la sensación de que le da exactamente igual que se note que su placer es mentira. Martín decide pensar en la novela, este momento también servirá para escribirlo. Todavía no sabe si será una escena cómica o triste, la línea entre ambas cosas es demasiado fina. No se sabe cuál de los dos tiene más ganas de que aquello termine. Él acaba por fin, la chica termina con su último *«muito gustoso»* y se levanta a toda velocidad a buscar sus bragas. Antes de que Martín se recupere, ella está completamente vestida y con el bolso en la mano, donde ha guardado los trescientos dólares de Martín.

«Rocío Vizcaíno, además, será la propietaria de la parte restante de productora Bocabesada; por tanto, será la dueña junto a Camilo Orellana hijo de la manera ya descrita: dos tercios para uno y un tercio para la otra», concluye el notario. Todo el mundo pone una cara conjunta de sorpresa, casi la misma expresión, y se escucha un murmullo de incomprensión, casi nervioso. Nadie entiende nada, salvo Rocío. Ahora ya no puede evitar empezar a llorar. Cada uno de los empleados especula con un motivo distinto del porqué Camilo le ha dejado una parte de la productora y la ha puesto al frente de todas las decisiones de la empresa. Cada uno piensa una cosa distinta, pero ninguno la comparte. Silencio. Ella sí sabe por qué.

Cuando Martín despide a la chica y cierra la puerta, Luis le aborda por el pasillo escoltado por Kevin que murmura *«nou, nou, nou»*, moviendo la cabeza de un lado a otro. Luis le dice que algo así no puede volver a pasar en el piso. Martín les explica que era una buena amiga sin la más mínima esperanza de que le crean. *«Nou, nou, nou»*, repite Kevin en inglés. «Si vuelves a traer una puta a este piso, tendrás que marcharte», amenaza Luis en un perfecto español. Martín está avergonzado, asiente con la cabeza y se escabulle a su habitación. Necesita ponerse a escribir.

Camilo hijo pensaba que al notario se le había olvidado que tenía que hablar, pero después de decir que ya les explicará con más detalle algunos matices menos importantes del testamento, le cede la palabra. Camilo carraspea, todo el mundo le mira. Respira hondo, traga saliva y coge fuerzas: «Espero que todos me ayudéis...».

Ninguno sabe si ya ha terminado, el caso es que el chico se calla, parece que definitivamente. El notario arranca un aplauso para poner fin a esa situación tan incómoda. Por pura casualidad, esa única frase ha sido el mejor discurso posible. La reunión ha terminado y cada uno va regresando a su puesto. Rocío y Camilo se acercan, están casi obligados a entenderse. Ya se habían abrazado en el tanatorio, pero este abrazo se siente distinto. «Tenemos mucho de lo que hablar», dice ella. «Lo sé», responde él.

Adela odiaba su pene. Lo odiaba cuando era Carlos, desde que tuvo conciencia de que lo tenía y de que aquel apéndice le alejaba definitivamente de ser quien era. No era lo único que sobraba en su cuerpo, lleno también de ausencias. Sobraba vello en la cara, la frente demasiado pronunciada, la mandíbula ancha; faltaban los pechos, suavidad en la piel, la cintura y las caderas. Dos años hormonándose fueron poco a poco corrigiendo la genética. Mucho menos vello, su culo tomó un poco más de anchura, se alisó la tripa, la piel se fue suavizado, unos bultitos esperanzadores crecían debajo de sus pezones. La distorsión se iba corrigiendo, pero la crueldad del entorno se hacía insoportable: «Marica... Engendro... Monstruo...». Adela huyó a Madrid, allí las miradas no hacían tanto daño. El dinero que le mandaba su abuela no daba para casi nada, dormir en una habitación y mal comer. La única salida se la daba su pene, su supervivencia dependía de aquello que aborrecía: «... Judith, femenina, guapa y una sorpresa entre las piernas»; los hombres respondían a aquel anuncio preguntando siempre por el tamaño. Una pensión cerca de Gran Vía fue su centro de trabajo, venían hombres mayores, jóvenes, cultos, brutos, ignorantes, refinados, de pueblo y de ciudad, feos y guapos, a lo mejor homosexuales, quizá no. Hombres buscando morbo, activos o pasivos, siempre querían ver cómo Judith se corría. Lo hacía tres veces al día; al final de la jornada los clientes protestaban: «No ha salido casi nada».

Judith ahorró todo lo que sobraba después de subsistir. Era más de lo que podía haber imaginado. Acumuló billetes en una bolsa de deportes hasta que tuvo lo suficiente para entrar en el quirófano, para ser por fin Adela, para amputar para siempre a Carlos. Buscó al mejor cirujano, el doctor Areta, así conoció a Celia, su ayudante, la mujer de Nacho Blázquez, que desde aquel día se convirtió en su amiga. Al hospital acudió con una bolsa de deportes llena de billetes y de ropa de mujer. Eligió una talla de pecho normal, una frente más plana con la reducción de los arcos supraorbitarios, esos huesos que están encima de las cejas que definen el cráneo masculino y que hacían que el sudor no entrara en los ojos de los cazadores hace millones de años cuando salían en busca de comida. Somos como somos porque necesitábamos ser así, los hombres y las mujeres. La testosterona hace que la grasa del macho se acumule en el abdomen y los estrógenos que la de la hembra se vaya debajo de los glúteos. Con el peso de la grasa en el abdomen se corre más y por tanto se caza mejor, pero dificulta amamantar a las crías. La naturaleza no es sabia, simplemente es eficiente. Uno de cada cuatro mil niños es transexual, Carlos fue ese uno. El cuerpo es el que no debe ser, es una cárcel, es casi siempre un infierno... En unas cuantas horas todo acabaría y empezaría de nuevo. El anestesista le cogió la mano y le guiñó un ojo, «Respira profundo», en pocos segundos estaba dormida.

Al cirujano le cerraron la consulta hace veinte años por hacer «esta atrocidad», no le dejaban operar en ningún hospital, él también ha tenido mucho que luchar para ser el mejor haciendo lo que hace. La consulta se la clausuraron por un montón de denuncias de un miembro destacado del Opus Dei: «Quién osa llevarle la contraria a Dios, quién osa querer ser Dios transformando su voluntad».

A Dios le lleva la contraria el doctor Areta en el quirófano fabricando un túnel, delante del recto y detrás de la vejiga. Cuenta lo que hace con pasión: «Hay que agujerear un músculo, abrirlo hasta el máximo que permite la anatomía, casi hasta el inicio del intestino. Es difícil, hay que ser muy preciso. Existe el riesgo de perforarlo, el error es fatal, ocasiona que las heces salgan por la vagina. Después se eliminan los testículos. Es solo un corte, nada complicado. Lo siguiente es "despellejar" el pene, esa piel y la del escroto se utilizará para diseñar los labios mayores, los labios menores y "forrar" la vagina por dentro. El túnel abierto es un músculo que volvería a cerrarse si no se hiciera nada, hay que "tapizarlo" para que no se cierre. Si la piel del pene no tiene suficiente tamaño, entonces se utiliza un trozo de intestino. Con el pene, ya sin piel, se diseña el clítoris con una parte del glande, buscando todos los nervios, arterias y venas, uno por uno, disecando cada vena y cada arteria para que en ese trozo de glande mantenga toda la sensibilidad, aún más porque en una superficie menor están los mismos nervios».

A Adela le recomendó una amiga trans que no se operara. «Ya no te correrás, se acabó el placer», le dijo. Tuvo miedo, pero hasta eso le dio igual. «Las mujeres nacidas mujeres tienen un orgasmo en el sesenta y cinco por ciento de sus relaciones; en las mujeres operadas, más del noventa», aseguran varios estudios. Su amiga no tenía razón. Adela estuvo una semana ingresada en el hospital y muchos meses para acostumbrarse a una nueva forma de sentir, de acercarse a los hombres. Una noche no avisó, no dijo nada al chico con el que se enrolló, ¿qué era lo que tenía que decir? Ninguna mujer advierte de que es una mujer. Él se empleó con su lengua y ella tuvo un orgasmo, largo y duradero. Potente. Luego la penetró y se corrió dentro de ella. Después de un rato y una ducha, él se marchó, lo normal. El chico había estado con una mujer, una más. Adela se quedó sola en la cama. Hasta esa noche no recordaba haber llorado nunca de felicidad.

Rocío llega a casa y se extraña de que la cuidadora todavía no se haya ido. «El señor se marchó y no podía dejar a la niña sola», le explica la chica. Rocío disimula a duras penas su sorpresa. Ella le informa de que la niña ha pasado un buen día y que ha cenado de maravilla, se cuelga el bolso y se marcha con un poco de prisa. Rocío no le vuelve a preguntar por su marido. Antonia está durmiendo en el capazo que hay en el salón, no se atreve a darle un beso para no despertarla. Se queda un momento mirando al bebé mientras marca el móvil de Ernesto, que «está apagado o fuera de cobertura». En ese momento repara en que su hija no habrá recibido ningún beso desde que ella le dio el último esta mañana antes de irse a trabajar, quizá alguno de la cuidadora porque él apenas se acerca a la niña. Tampoco a ella desde hace meses; en realidad, no se acerca a ninguna de las dos.

La conversación de esta tarde por teléfono fue extraña, todo lo es últimamente con él. Rocío le llamó para darle la buena noticia: es la nueva directora general de BB y además la dueña de un tercio de la empresa. «¿Por qué tú?», fue la inevitable pregunta de Ernesto. Hay preguntas que no se pueden responder. Las piadosas son igual de mentiras que las crueles. Y si el daño es inevitable, es mejor hacerlo con la verdad o callarse. Rocío piensa en esto y le golpea la conciencia. Ella nunca ha dejado de amar a Ernesto, nunca ha querido acabar con su relación. Vuelve a marcar su móvil, que sigue desconectado. Antonia abre los ojos y sonríe a su madre, que continúa al lado del capazo. «Cariño mío. —Rocío coge a la niña en brazos y le da besos—. Mamá te va a llevar a la cuna grande». Todavía duerme en la habitación del matrimonio. A Rocío le es más fácil cuando se despierta por la noche. «No quiero que te desveles, tienes que seguir durmiendo, mi niña», susurra. La niña mira a su madre y ella no deja de besarla suavemente camino de la habitación. Al abrir la puerta, nota algo extraño. No tarda en reparar de qué se trata. Deja a Antonia dentro de la cuna y abre los armarios. Falta mucha ropa de su marido, casi todas las camisas, las americanas y los pantalones. En la cómoda no están sus calzoncillos ni sus calcetines, en el vestidor no quedan apenas zapatos. En el altillo no está ninguna de las dos maletas grandes. Se sienta en los pies de la cama y vuelve a marcar el móvil de su marido. Apagado. Con el teléfono todavía en la oreja se da cuenta de una nota escrita a boli al lado de la almohada: «Vendré a por el resto de mis cosas cuando tú no estés». Antonia empieza a llorar en su cuna. Rocío ya no tiene dudas de que Ernesto sabe por qué Camilo le dejó un tercio de Bocabesada.

Camilo Orellana Martos, hijo de Camilo Orellana Escudero, nació tras un parto complicado y largo. Hubo que sacarle con fórceps, lo que provocó que llegara al mundo con la cabeza con forma de melón y de color verdoso. Vamos, un melón. Nada extraordinario, muchos niños nacen así, al menos hace casi tres décadas, pero sí fue la primera pista de que Camilito no iba a poner las cosas fáciles desde el primer día. Fue un niño con todos los problemas del mundo en el colegio, de adaptación y de comprensión. Entre psicólogos y profesores particulares lograron que acabara a duras penas secundaria. En bachillerato tardó cuatro años en hacer dos cursos en dos institutos privados, después, dos años en la universidad sin aprobar nada.

La muerte de la madre y un padre tan brillante como inasequible, con esa personalidad tan arrolladora, hicieron que Camilo sintiera que siempre estaba solo. La madre era el vínculo que el niño tenía con el cariño, con los besos y las caricias, con los mimos exagerados. «¡Quita, mamá!». Lo que daría por volver a poder pronunciar esa frase. Con su muerte desaparecieron los besos. Su padre siempre estuvo más dispuesto a ayudarle contratando profesores particulares, cuidadoras, orientadores y psicólogos que a abrazarle. Ninguno de los dos superó su soledad con el otro, quién sabe por qué. El padre acabó con su tristeza consiguiendo que su productora se convirtiera en una de las más importantes del país. El hijo nunca se ubicó entre psicólogos, malas compañías y fracasos académicos. Trapicheos menores con drogas que vendía a sus amigos para poder consumir él, algún incidente menor con la policía y alguna paliza por parte de gente con la que nunca debió tratar. Lo peor, sin duda, la mirada de su padre, entre la desesperación y el desprecio. Él, como todos los hijos, quería agradarle. Escribió algunos relatos breves, rodó por su cuenta algún cortometraje, hizo incluso un guion para una película. «No sirve», esa era la frase con la que Camilo padre valoraba sus textos. Siempre la misma al poco tiempo de empezar a leer las primeras líneas. «No sirve», retumbaba en la cabeza y en las tripas del chaval. A los pocos minutos de empezar a ver el corto que había rodado, su padre comenzó a reír. «Qué despropósito», dijo. Y así se apoderaban del joven la tristeza, la soledad y la cocaína. Camilo le admiraba, le veneraba, era su ídolo, no lo podía evitar. Y, a pesar de eso, o precisamente por eso, había momentos en los que le hubiera gustado ser hijo de cualquier otro. Camilo quería mucho a su hijo, tampoco lo podía evitar, pero a veces también le hubiera gustado ser padre de otro cualquiera. El padre ha muerto y el hijo se ha quedado definitivamente solo. El amor no siempre es suficiente, a veces no sirve de nada.

Ana está cenando con Daniel. Les gusta estar juntos y hablar, contarse las cosas, aunque sea a medias. Por ejemplo, ella no le cuenta a su hijo que la persona con la que ha estado el último año se ha largado sin dar explicaciones y que su jefe, que se acaba de morir, ha sido una de las personas de las que estuvo enamorada. Daniel le confiesa que le gusta una chica del instituto y que ha empezado a salir con ella. «Mi niño», dice Ana levantándose de la mesa para achucharle. Él también cuenta la historia a medias porque no le revela a su madre que con esa chica ya se ha acostado, y mucho menos que el sexo está resultando un desastre. Le da vergüenza, aunque tiene la tentación de preguntarle si de verdad el sexo es algo tan bueno como dicen. Por supuesto, tampoco le reconoce a su madre que todas las veces que ha tenido sexo ha sido en su cama. Ana tampoco le dice a Daniel que en esa misma cama tuvo el mejor sexo de su vida, aunque también es cierto que no tiene mucho donde comparar, con Martín Varela, el escritor ese que sale en la tele y del que se ha quedado colgada. Colgado está Daniel por su chica, pero tiene miedo de que ella se canse de él cuando descubra todos los defectos que tiene, sobre todo ese de ser tan flaco. Generalmente, es Daniel el que prefiere hacerlo a oscuras para que no se le vean las costillas marcadas y la desproporcionada longitud de sus piernas. A Ana le gusta hacerlo con luz desde que conoció a Martín, antes no tanto, pero con el escritor el sexo siempre era fácil porque era imposible estar incómoda en ninguna circunstancia. Sentirse tan deseada le quita a una todos los complejos. Daniel no sabe nunca muy bien lo que tiene que hacer y su chica tampoco le ayuda demasiado, para ella también están siendo las primeras veces. A él le apetece meter su boca entre las piernas de su chica y chupar, pero a ella le da vergüenza, y él tampoco tiene la habilidad suficiente con la lengua para quitarle los reparos. Cuando Martín ponía su boca en el sexo de Ana, ella sabía que lo que iba a sentir a continuación era algo único. Único por desconocido. Otros lo habían hecho antes, claro, pero como él ninguno. Ni siquiera ella sabía de qué manera lo hacía, ni dónde le tocaba por dentro con sus dedos mientras la acariciaba con la lengua por fuera. Simplemente se dejaba hacer, esa comodidad de saber que ni guiándole podría ser más preciso en el sitio donde tocar, con la intensidad que tenía que hacerlo y con el ritmo adecuado. Una vez Daniel le pegó un rodillazo a su chica y la dejó sin respiración un buen rato. Ella estaba encima y él quiso girarse para invertir la posición, haciéndolo con tanto ímpetu que le estampó la rodilla contra el costado: hasta ese momento la chica nunca había gritado en la cama. Ana tampoco había gritado mucho en la cama hasta que conoció a Martín, pero con él era la única forma de liberarse cuando la hacía sentir de esa manera tan extrema. Nada de esto se cuentan Ana y Daniel, les daría mucha vergüenza, además de no considerarlo necesario. Se ríen de otras cosas y están a gusto. Los dos se sienten orgullosos de su relación. Daniel siempre está seguro al lado de su madre, y ella, cuando está con él, no echa tanto de menos todo lo que no tiene. En este momento, lo que Ana tiene es un enfado incontrolable con Martín, siente rabia cada vez que piensa en él por haberse marchado sin darle ninguna explicación, por no contar con ella, por ignorarla. Desde que se ha ido solo le ha enviado tres o cuatro mensajes, «espero que estés bien... Yo también bien por aquí», esa condescendencia egoísta. Se siente despreciada y, sin embargo, se muere de ganas de volver a verle.

Nuria Cadenas y Nacho Blázquez han puesto el manos libres en el despacho para hablar los dos por teléfono con Martín Varela. En Nueva York son las nueve de la mañana y en Madrid, las tres de la tarde. Por fin, han decidido hacer la serie *Edén*, inspirada en su novela.

—Los derechos ya se los vendí a BB —les explica Martín.

—¿Llegaste a firmar ese contrato? —pregunta Nuria.

—No, pero lo apalabré.

—Sabes que con la muerte de Camilo Orellana habrá cambios en BB... —comenta Nacho sin terminar de explicarse.

—Sí, me enteré de su muerte estando aquí. Lo sentí mucho, Camilo siempre me cayó bien.

—Se te echó de menos en el tanatorio. Fue todo el mundo —dice Nacho con cierto aire de reproche.

—¿Crees que Bocabesada es la más adecuada para adaptar tu novela? Nosotros no estamos muy seguros. Dicen que ahora estará al frente su hijo... —le informa Nuria.

—¿Y qué proponéis?

—Queremos comprarte los derechos a ti directamente y producir la serie nosotros o poder buscar otra productora. No hay por qué atarse a BB.

—Eso sería faltar a la palabra dada. —Martín parece tajante.

—La palabra dada a un muerto. —A Nuria se le escapa un tono demasiado agresivo.

—Nosotros te dejaríamos intervenir en la elaboración de los guiones, incluso en el *casting* de los actores... —suaviza Nacho.

A seis mil kilómetros de distancia y a las nueve de la mañana, Martín ya está completamente desnudo en su mesa de escritorio escuchando a Nacho y a Nuria. De hecho, a él le da igual que sea una productora u otra, tampoco le preocupa nada el haber apalabrado los derechos con BB, ni siquiera tiene especial empeño en que se haga esa serie. Lo único que desea ahora es escribir. El interés por *Edén* piensa utilizarlo para conseguir más dinero y, si finalmente se hace, que sea lo más parecida a como él quiere...

—Para mí, la palabra que se da es inamovible, tiene la misma validez que un contrato —le da un tono solemne a la frase.

—¿Estás escribiendo una nueva novela? —Nacho cambia de tema.

—Sí, estoy con otra novela. Tú ya no escribes, ¿verdad?

Nacho no contesta. Envidia a Martín porque hace lo que a él le encantaría: escribir. Ese oficio incierto, fascinante, claustrofóbico, fulgurante, duro y absorbente al que Nacho no quiere enfrentarse.

—Ahora tengo menos tiempo.

—Ya, sí, lo de siempre... Yo he dejado la tele para dedicarme solo a mi próximo libro. —Martín incide en la herida de Nacho, seguramente sin querer.

—Bueno, ¿entonces tu postura es inamovible respecto a la venta de los derechos? —Nuria retoma la conversación.

Martín se levanta de su escritorio completamente desnudo. Se mira en el espejo del armario de su habitación de frente y de perfil. Con la mano que no sostiene el teléfono se toca sus partes, juega con ellas. Incluso baila sin música moviendo las caderas. «Toma, toma», hace *playback* sin sonido. Está contento, cada vez tiene más claro que haber venido a Nueva York ha sido una gran decisión. Está escribiendo, y eso le hace feliz.

—¿Se ha cortado? ¿Martín?

—Sí, aquí estoy.

—¿Valorarías cedernos los derechos o no? —Nuria parece lanzar un ultimátum.

—Todo se puede valorar.

Agustina se fue de su pueblo a los quince años. No se fue, huyó. Un pueblo pequeño de Córdoba, rodeado de olivos, con un cuartel de la Guardia Civil, un médico y una matrona. La madre no fue capaz de darle ningún varón al marido. Era la segunda niña después de su hermana dos años mayor. «Otra hembra». Ya no hubo más, afortunadamente. La madre siempre huidiza, doliente, con el rictus marcado de sufrimiento, como se marca a las reses a fuego. No reparó en eso hasta que fue muy mayor, pero Agustina no vio nunca reír a su madre. El padre, Eusebio se llamaba, áspero, con manos gordas de lija, nunca se emborrachó, que ella recuerde, pero siempre olía a vino. Amable hasta que algo se torcía, lo que fuera, y entonces lo pagaba con la madre, casi siempre con desprecios: «Jodía tonta», «Inútil», le gritaba. Agustina nunca le vio pegarle, pero tampoco recuerda que jamás le diera un beso.

La escuela era una casa grande en la calle principal, aulas en las que los niños y las niñas de una edad aproximada se mezclaban unos con otros. Allí estaban los primeros cursos para aprender a leer, escribir y poco más que las cuatro reglas. Si se podía, los niños más capaces iban al pueblo de al lado a hacer el bachiller, y si no, «a la aceituna», a ganar un jornal. Las niñas a su casa o a la casa de los señoritos a limpiar. La mejor suerte que se podía correr en la comarca era colocarse a trabajar en la finca de don Bernal, un ganadero de toros bravos de la provincia, porque allí se ganaba bien asistiendo.

Agustina recuerda una infancia tan normal como la de cualquier otra niña, hasta aquella mañana en la que todo se acabó. Había empezado poco a poco, era muy raro. Un laberinto de sensaciones extrañas desde que su padre una noche la sentó encima de sus piernas de una manera inusual y puso una mano en su muslo. El desconcierto. Inquieta, rara, sin entender, se levantó de allí. Tenía doce años. Lo de aquel día se repitió una y otra vez, cada vez más, roces en los pechos y la mano guiada hasta la entrepierna de Eusebio, aquel bulto duro, horrible. «Niña, ven, no pasará nada. Es nuestro secreto». Y la mano de ella hacia su padre y la de él acariciándola a ella. Al final, cuando el padre terminaba, a ella se le manchaban los dedos, nunca pudo superar el asco que le daba aquel líquido viscoso. La noche previa a que sucediera todo, su hermana mayor se sentó en el borde de la cama y le acarició el pelo. «Ahora te está tocando a ti, ¿verdad?». Agustina asintió, y las dos se abrazaron para llorar. No recuerda cuándo se quedó dormida, solo el grito de su madre al abrir el baño de madrugada. Corrió hacia allí y descubrió a su padre tumbado en el suelo, envuelto en un charco de sangre. Su hermana ya se había entregado en el cuartel de la Guardia Civil con el cuchillo ensangrentado con el que había cortado el cuello a Eusebio. La chica fue a un correccional y más tarde a prisión, la madre y ella se mantuvieron en el pueblo, marcadas por el murmullo permanente a cada paso. Lo peor, el olvido de la madre hacia su hija mayor. Nunca justificó lo que hizo, ni siquiera lo comprendió. «Los hombres a veces no se dominan porque son hombres», llegó a decir. «En muchas casas pasa lo mismo y no se acaba así».

Nunca visitaron a su hermana mientras estuvo presa, hasta que se ahorcó años después en su celda. La madre fue poco a poco encerrándose en la casa de aquel pueblo absorbido por olivos y allí envejeció en soledad. Agustina se marchó, huyó con una tía lejana a Madrid y con ella vivió en el barrio de Tetuán. Limpiando casas y haciendo arreglos de ropa fue sobreviviendo hasta que un día se cruzó con un chico bueno, un hombre tierno, que la invitaba a churros con chocolate en una cafetería de la calle Bravo Murillo y al cine la semana que cobraba. Jacinto quiso casarse con Agustina desde el primer día que la vio. El día que se besaron por primera vez, ella le confesó que le pasó lo mismo nada más verle. Agustina se curó de la pena y del miedo junto a Jacinto. Los dos tuvieron la vida que quisieron, una vida tranquila en la que había calma y cariño. Una vida ordenada en cuarenta metros cuadrados, con un hijo bueno y estudioso, una mesa camilla y paseos interminables por el parque del Retiro. Una historia de amor sencillo que nunca sale en las series de televisión como las que hacen en la productora que hay en el cuarto piso. Al relato de su vida le faltaría un final llamativo para convertirse en serie, novelesco, duro y triste, como la primera parte de su historia. El público no ve series en las que sale gente que vive en paz.

Nacho Blázquez y Nuria Cadenas comen juntos a diario. Cuando volvieron a coincidir en HBO, después de bastante tiempo sin verse, su relación se limitó estrictamente a lo profesional. Se respetaban, pero entre ellos había cierta frialdad; sin ningún motivo, no se fiaban el uno del otro. A veces pasa. Quizá por aquel encuentro fugaz de esos besos olvidados que no llegaron a ninguna parte. El primer día de trabajo hubieran preferido a cualquier otro compañero; después de algunos meses, cambiaron de opinión.

Tardaron en confiar, en compartir confidencias profesionales primero y personales después. Están casados, bien casados aparentemente, cada uno de ellos con dos hijos, ambos tienen la parejita y son, más o menos, de las mismas edades. Entre doce y catorce años los cuatro. Están entrando en una edad complicada, pero, en general, todo bien. Con sus parejas, lo normal. El desgaste lógico, la rutina, la monotonía, las facturas, la hipoteca, el cansancio. El marido de Nuria es abogado de una buena firma, le va más o menos bien, aunque no es socio del despacho, solo un asalariado. Celia es la mujer de Nacho, médica de la clínica privada de cirugía estética que el doctor Areta tiene en Madrid, allí gana mucho más que en cualquier hospital público. Sabe todos los secretos de la gente más importante del país, también los de los actores y actrices, que, aunque no debería por secreto profesional, le suele contar a Nacho como cotilleo divertido. La única persona de la que Celia es amiga es de Adela, de ella no le cuenta nada a su marido. Del resto, sí le gusta chismorrear, especialmente cuando se toma alguna copa de más. Quién se ha puesto pecho, se ha injertado pelo, se ha estirado la piel, se ha retocado los labios, se ha hecho una liposucción o dos... Celia se lo cuenta a Nacho, que se lo cuenta a Nuria, porque de ella se fía. Nacho hace el amor con su mujer una media de dos veces al mes, más o menos las mismas que Nuria con su marido. Eso no lo comparten porque creen que es bueno aparentar que les va mejor en casa de lo que sucede en realidad. Quizá es un pensamiento absurdo, pero les da la sensación de que, si cuentan que les va bien con sus parejas, tendrá más mérito gustarse el uno al otro. De eso tampoco hablan, pero los dos lo piensan. Y han pensado más cosas, que tampoco comparten, cuando están solos en su cama él y en la ducha ella. A Nacho se le pasa por la mente en algún momento que se está enamorando de ella, pero rápidamente olvida ese pensamiento, «menuda tontería». A Nuria no le apetece demasiado dejar la oficina cuando llega la hora de irse si todavía está él. Cuando va en el coche hacia su casa también se lo reprocha a sí misma, «menuda tontería». Mañana los dos, como todos los días desde hace semanas, elegirán la ropa y se arreglarán para que el otro lo vea. Aquellas prendas que les hacen más delgados y más atractivos, y justo al verse sentirán una especie de felicidad injustificable. «Menuda tontería», se dirán para sus adentros cada uno por su lado.

Boca besada fue la obra de un poeta y pintor británico del siglo XIX llamado Dante Gabriel Rossetti, una pintura que el autor tituló inspirándose en el *Decamerón:* «La boca que ha sido besada no pierde su fortuna, se renueva como hace la luna». La modelo era una mujer pelirroja con los labios rojos que, según se cuenta en Google, era prostituta.

El cuadro es interesante y su historia también, pero no tiene nada que ver con el nombre de la productora, que se iba a llamar Orellana Producciones. A Camilo le parecía buena idea porque él siempre creyó que lo fácil se recuerda más y mejor. La noche antes de inscribir la empresa en el registro, Camilo y su mujer, Estefanía, salieron a cenar, se tomaron unos cuantos vinos de más, tontearon, sabían lo que iba a pasar al llegar a casa. En el coche, ella se repasó los labios de rojo en un semáforo utilizando el espejito de la visera del copiloto. Esa imagen terminó de excitar a Camilo, el vino había hecho el trabajo previo. Antes de que se pusiera el semáforo en verde, Camilo la cogió del cuello y se besaron de esa manera en que solo lo hacen los adolescentes o los adultos con algunas copas de más. Los labios rozándose y mordiéndose, con las lenguas jugueteando entre ellas, hicieron que el carmín se esparciera por los alrededores de la boca. El semáforo se puso en verde y Camilo tuvo que arrancar con las secuelas rojas de un beso apasionado. Parecían payasos a medio desmaquillar. Se rieron. «Me encanta tu boca besada», dijo él. «A mí también me gusta tu boca besada», contestó ella, sin poder evitar la risa. «Bocabesada, me gusta». «Bocabesada, me encanta cómo suena». «Bocabesada... Bocabesada...». «Y si...», iba a decir ella. «¿Tú crees?», dijo él sin dejarla acabar. En el siguiente semáforo se volvieron a besar, y al día siguiente Camilo inscribió en el registro su productora con el nombre de Bocabesada.

Tres años antes, en un viaje a París, Camilo había conocido a un pintor francés. Fue una casualidad que ese artista expusiera en una galería que estaba en la misma acera del hotel en el que se hospedaban él y Estefanía. Una tarde, mientras Camilo esperaba en la calle a que su mujer terminara de arreglarse, entró en la galería. Era un artista poco cotizado, con una clara inspiración en Hooper. La mayoría de los cuadros eran bastante convencionales, pero en algunos retratos había algo que fascinó a Camilo. Preguntó por el precio de algunas obras sin saber que la persona que le estaba atendiendo era el propio autor. Negociaron, se cayeron bien, Camilo le compró un cuadro y se llevó su tarjeta. Después de inscribir la productora en el registro, llamó al pintor y le encargó un retrato en el que apareciera una mujer con el carmín de los labios corrido, una mujer con la boca recién besada. Pensó en mandarle una foto de Estefanía para que le hiciera un retrato, pero ella no quiso. Así pues, habría de ser una mujer indefinida con la boca recién besada. Esa era la única instrucción.

Un mes después, cuando todavía estaban a medio amueblar las oficinas de BB, llegó un paquete de París con el encargo. Una mujer joven con un top negro de manga larga se aparta el pelo de la cara, su carmín rojo está corrido y su mirada es melancólica, eso le pareció a Camilo. «No estoy de acuerdo, su mirada es sugerente», le corrigió su mujer al ver la pintura. «A mí me parece que está un poco triste», esa fue la valoración de Rocío la primera vez que vio el cuadro. «Yo diría que está mirando de manera provocativa, quiere que la sigan besando», fue lo que siempre pensaba Ana al mirarlo. «No es demasiado guapa, pero es supersexy», recalcaba Estefanía desde que Camilo colgó el cuadro en una de las paredes de su despacho. Con frecuencia, Camilo se preguntaba quién sería aquella chica, cómo habría ido envejeciendo con el paso de los años y cómo era realmente su mirada mientras posaba para aquel pintor francés.

Cuando Camilo hijo cierra la puerta del despacho y se sienta en el sillón que ocupaba su padre, se siente ridículo. Como una niña que le roba los zapatos de tacón a su madre, como él mismo cuando se ponía la corbata de su padre y le llegaba a las rodillas. Sentirse ridículo es la peor manera de sentirse. Él se mira a sí mismo como si fuera otro quien le observara, y se ve sentado en el sillón sin tener ni idea de lo que tiene que hacer. Hay un ordenador que no sabe para qué utilizar, una secretaria a la que no sabe lo que le tiene que pedir, algunas decisiones que tomar sobre temas que no entiende. Está perdido, está avergonzado y tiene miedo. Lo primero que ha hecho ha sido buscar en Google «Bocabesada». Ni siquiera tiene claras las producciones que ha hecho la empresa que acaba de heredar y tiene que dirigir (a medias), le gusta abrir paréntesis para contarlo porque esos paréntesis son una salvación (a medias). «Menos mal», quisiera añadir.

—¿Se puede? —Rocío golpea la puerta levemente con los nudillos y la entreabre asomando media cabeza.

—Sí, pasa —contesta Camilo.

—Si estás haciendo algo importante, vuelvo más tarde.

Camilo está a punto de confesarle que no tiene ni la más mínima idea de lo que tiene que hacer, pero se contiene.

—Yo también quería verte, me siento un poco desubicado.

—Esto también ha sido demasiado fuerte para mí —le confiesa Rocío.

—¿Quieres un café?

—Vale. —Rocío también está tensa.

—¿Y cómo lo hago?

—¿El qué?

—Pedir el café, ¿se lo pido a alguien?

—Tienes ahí la máquina.

—¡Anda, no la había visto! —Camilo se pone colorado, y se le nota.

Los dos están de pie junto a la cafetera de café expreso que hay al lado de la ventana del despacho. Ella lo quiere solo, a él le gustaría con leche, pero como no sabe dónde está, también se lo sirve solo, por no preguntar. Al fin y al cabo, están en su despacho.

—Si quieres leche, hay en la neverita de debajo del escritorio —le informa Rocío.

—No, no quiero. Bueno, sí..., me pondré un poco.

Los dos se sientan en el sofá de cuero granate oscuro que hay a la derecha de la mesa. Ella ya había estado en ese sofá muchas veces con Camilo padre. Algunas de ellas nada tenían que ver con el trabajo.

—Supongo que estarás sorprendido de la decisión que tomó tu padre de dejarme una parte de la empresa.

—Casi estoy más sorprendido de que me haya dejado a mí el resto —contesta Camilo.

Ni él mismo sabe si lo ha dicho en broma o en serio. Rocío sonríe, pero tampoco está segura de si se trata de un chiste.

—¿Tu padre te hablaba de mí?

—Mi padre hablaba muy poco conmigo de la empresa... Bueno, ni de la empresa ni de casi nada.

—A mí sí me habló muchas veces de ti. Te quería muchísimo. —Durante mucho tiempo Camilo pensó lo contrario, ahora ya da igual, pero le gusta escucharlo—. Quería decirte que puedes contar conmigo para todo. —El tono de Rocío suena sincero.

—La verdad es que estoy bastante perdido.

—Supongo que es lo normal, pero hay que empezar a tomar decisiones que son importantes.

Rocío le explica las series que hay en marcha, las negociaciones con las cadenas, con algunos representantes de actores... Va priorizando por orden de urgencia. Camilo no se atreve a preguntar, porque teme que algunas de sus dudas sean absurdas y delaten su enorme desconocimiento. No sabe apenas nada del funcionamiento de la productora, ni de los distintos departamentos. No conoce el nombre de ningún directivo, con los que pronto habrá de negociar contratos con cláusulas complicadas, ignora cuánto dinero genera su empresa, ni cuánto gasta, no tiene ni idea de lo que cuesta cada serie, ni lo que se cobra por ellas, ni siquiera sabe que todo eso lo tiene que saber. Sin embargo, mientras escucha a Rocío, siente por primera vez que no quiere huir de allí. No lo entiende, pero todo lo que le cuentan le parece atractivo, interesante. Sobre todo, importante. Importante es la palabra. Por primera vez se da cuenta de que ha tenido suerte. Entiende algo tan sencillo como que está ante la oportunidad de su vida. No solo para tener dinero, para aprender o para ocupar el tiempo que siempre le ha sobrado, sino una oportunidad real para ser importante. Ser respetado, escuchado, incluso temido. Ser alguien, tener por fin un lugar en el mundo. «Importante», se repite en silencio mientras termina de hablar su nueva socia.

—... Así que hay que empezar a moverse pronto, valora todo lo que te he dicho y mañana decidimos. —Es la última frase de Rocío.

Camilo no sabe muy bien qué es eso que tienen que decidir mañana, pero ya se enterará. Rocío se levanta para marcharse del despacho, pero él le dice que tiene una pregunta más para ella.

—¿Por qué mi padre te dejó una parte de la empresa?

—Tu padre era una persona imprevisible...

—¿Por qué mi padre te dejó un tercio de la empresa? —Camilo repite la pregunta como si no hubiera escuchado la respuesta.

Rocío abre la puerta para marcharse del despacho.

—Éramos muy amigos. —Le tiembla un poco la voz al decirlo.

Es sábado y Nacho Blázquez le ha pedido a su mujer y a sus hijos que esta mañana no le molesten. Se ha sentado en la mesa del salón con su ordenador y ha abierto un nuevo documento de Word al que ha puesto de nombre «Novela». En Nueva York son las cuatro de la mañana y Martín Varela está tecleando desnudo en su habitación, ha llegado hace un rato de pasear por los alrededores de Central Park. El cursor parpadea sobre el fondo blanco luminoso de la pantalla del ordenador de Nacho. Las letras van caminando de izquierda a derecha a buena velocidad en la de Martín. Nacho está pensando escribir una novela ambientada en el siglo XVII que se aleje de todas las cosas intrascendentes que escribió cuando se dedicaba a ello. No más chicos de torsos perfectos sin camisetas, no más sexo gratuito, no más amores eternos desde el primer beso. El siglo XVII no tiene nada de especial para Nacho, podría ambientarla en el XVI o en el XIV, eso da igual, «lo importante es la densidad de los personajes». Su cursor sigue parpadeando. Martín sitúa definitivamente su novela en Nueva York, cuenta lo que le está pasando en este momento de su vida y es, posiblemente, con la que más se está divirtiendo de todas las que ha escrito. Nacho cree que el mejor lugar para situar la acción de su historia es Venecia. Se trata de un escenario inmejorable: «Tanta historia condensada en el mismo lugar», con sus canales, su plaza de San Marcos, su basílica, su teatro La Fenice... A decir verdad, al margen de lo bonita que es, lo que más le llamó la atención de Venecia fue lo caro que era todo, una vez le cobraron en una terraza treinta euros por dos cervezas. Esto no lo puede poner en una novela ambientada en el siglo XVII. Mejor no hacerlo, porque si una novela trasciende, se puede leer dentro de dos siglos y entonces resultaría ridículo que una cerveza costase quince euros. Nacho apoya su codo en la mesa y recuesta su moflete sobre la mano mirando cómo el cursor, machacón y sin alma, sigue parpadeando en la pantalla blanca, inmaculada, luminosa y vacía. La verdad es que le está entrando un poco de sueño.

Martín conoce bien Nueva York, le fascinó desde que fue la primera vez, al año siguiente del atentado de las Torres Gemelas. Él ya había pasado de los treinta, pero le emocionó verse en el escenario de la mayoría de sus películas favoritas. No viajó demasiado cuando era niño, salir de Madrid no estaba entre las prioridades de sus padres. Ni tenían dinero ni la más mínima inquietud por conocer mundo; lo desconocido generaba bastante desasosiego en ellos, de naturaleza miedosa. Todo lo que traspasara las fronteras de su barrio era territorio inhóspito, así que salir de España «al extranjero» podría ser una aventura demasiado arriesgada. «El extranjero» era un concepto genérico que lo igualaba todo. Daba igual Brasil que Alemania que Estados Unidos que Francia. El extranjero era un sitio en sí mismo, en el que la gente era distinta, extraña y con la que no te podías entender. Martín pasaba sus veranos en el pueblo de sus abuelos. Allí se iba desde que le daban las vacaciones del colegio, a finales de junio, hasta que tenía que volver a empezar, a principios de septiembre. En el pueblo montaba en burro, iba a la huerta de su tío, se bañaba en las albercas y merendaba pan con aceite y azúcar que le preparaba su abuela, a veces con un chorrito de vino. Viajar a Nueva York sonaba tan lejano, casi tan inaccesible como un viaje espacial. Para el niño Martín, Nueva York era algo así como la capital de ese lugar llamado «el extranjero».

Nacho se ha quedado traspuesto con el lado derecho de su cara abollado sobre los nudillos de la mano. Oye a lo lejos a sus hijos corretear y discutir y a su mujer manipulando el horno en la cocina. Está haciendo empanada porque hoy vienen los suegros a comer. Su mente, entre el sueño y el desvelo, se debate entre el atún, el pimiento y la cebolla del relleno de la empanada, el mando de la Play por el que sus hijos están discutiendo y Venecia en el siglo XVII, donde le esperan historias apasionantes con personajes consistentes, de matices sutiles que harán reflexionar a los lectores más cultos y exigentes. En definitiva, «literatura con mayúsculas», piensa. Quizá la novela no se venda mucho porque no hay demasiado público preparado para entender una obra de semejante ambición intelectual, pero qué más dan las ventas y el éxito efímero, lo importante será el reconocimiento literario por encima de lo comercial y las modas pasajeras.

El protagonista de Martín es un escritor que trabaja en televisión. El público le ve como un triunfador, le va bien económicamente, sus libros están entre los más vendidos y tiene ofertas para participar en varios programas de entretenimiento. Además, tiene una familia preciosa, mujer, tres hijos y dos perros. Ha decidido contar la verdad de ese autor, la que nadie conoce, y le está quedando un personaje muy gracioso. Más por patético que por divertido. Basándose en su propia vida, añadiendo o quitando según le conviene, el protagonista de su novela es muy real. Al escritor de éxito y reclamado colaborador televisivo le salen pelos desorbitados en las cejas, en los agujeros de la nariz y en las orejas, a veces no se le levanta o, al menos, no siempre en el momento que quiere. Tiene miedo a envejecer y pánico a no gustar, cada vez usa camisas más anchas para disimular la barriga, y a menudo no tiene ningún criterio formado sobre la mayoría de las cosas de las que opina cuando sale en pantalla. Por algún motivo extraño, cada vez se la ve más pequeña. «¿Es posible que eso mengüe o es que antes era yo más optimista?». Cree que las canas que le salen en la cabeza le hacen atractivo, pero las que le salen en los testículos le provocan zozobra y cada vez son más. Ya solo gusta a mujeres de su misma edad, que a él le parece que tienen la edad de su madre.

Nacho está valorando muy seriamente olvidarse de Venecia y del siglo XVII esta mañana e irse al gimnasio a hacer *spinning*. Necesita descansar la mente después de pasarse toda la semana trabajando, y la novela que él quiere hacer no se puede escribir de cualquier manera. Ahondar en el alma humana y elaborar pensamientos profundos a través de los personajes no es nada sencillo. Para eso se necesita estar lúcido mentalmente, así que lo mejor es desconectar un poco. Guarda en el escritorio de su ordenador el documento vacío de Word que ha llamado «Novela» y se va a la cocina, donde Celia está terminando la empanada. «¿Cariño, sabes si está limpia mi ropa de *spinning*?».

Martín construye al protagonista de su historia inspirándose en él y en otros que no son él, escribe sobre quién es y sobre quién no es. Sobre quién le gustaría ser y no es, sobre quién es y no le gustaría ser. Sobre el que desea ser y sobre el que teme ser. El personaje, como él mismo, es mentira y verdad sin que nunca sepa muy bien lo que es una cosa y la otra. Ha decidido que cuando se edite la novela debe haber una cita de Antonio Machado en la primera página. No se puede explicar mejor lo que él está haciendo en esta obra que escribe desnudo en una habitación de Manhattan: «Se miente más de la cuenta por falta de fantasía, también la verdad se inventa».

César está colocando en la cámara frigorífica las flores que han llegado en el pedido de la mañana y Marisa prepara debajo del mostrador las cintas y los papeles de celofán con los que se envuelven los ramos. Luego deberán regar las plantas, lustrar las hojas para que luzcan sanas y sacar algunas a la acera de la calle. Da la sensación de que hasta que no llega ese momento en el que ella coloca las plantas en la puerta de Flores Marisa invadiendo parte de la acera, la calle no está inaugurada y la vida no puede empezar en el barrio. A veces no es así, pero casi siempre las flores se compran para regalar y las plantas para la casa propia. Las plantas han de ser duraderas, tener vocación de llegar a viejas si todo va bien, pero las flores siempre son efímeras. A César le produce mucha tristeza cuando se mueren antes de venderlas. No solo por la pérdida económica, sino porque algo tan bello no se haya compartido.

Hace un esfuerzo cada día por no parecer un hombre cursi, eso siempre le persiguió desde que era un niño. Se emociona con cualquier cosa y, además, siempre ha tenido un amaneramiento que de joven hacía sospechar sobre una hipotética homosexualidad. Menos mal que los chicos de su barrio no supieron que acabaría trabajando en una floristería y que se pone triste cuando una flor se marchita. Afortunadamente, eso pasa poco, porque el negocio va muy bien, es una referencia en uno de los barrios más caros de Madrid y muchos clientes vienen de otros puntos de la ciudad a comprar aquí flores y plantas.

Su mujer, Marisa, atiende sola el establecimiento poco después de abrir, porque él se va todas las mañanas a tomar café con Jacinto a La Torreta, el restaurante que hay justo entre el portal y la floristería. Tienen gustos muy distintos, ideología casi opuesta, la misma edad, se casaron en el mismo año y nunca han sido infieles a sus mujeres, ni siquiera se lo han planteado en serio. Son diferencias y semejanzas de dos amigos que comparten café e inquietudes todos los días desde hace diez años.

Jacinto quiso ser torero y César de niño tenía mucha habilidad con el balón. Jacinto era demasiado tosco para torear y César más delicado de la cuenta para ser futbolista. Jacinto, de familia republicana con algunos tíos muertos en la Guerra Civil, presume de haber sido siempre de izquierdas. César es más conservador en todos los sentidos y los cambios sociales —«los nuevos tiempos», así los llama desde que era joven— le producen angustia. Fue siempre un hombre que hizo lo que debía. Estudió hasta donde se le permitió; después de distintos trabajos menores encontró un buen puesto de administrativo en un banco y ahí estuvo hasta que hubo una regulación de empleo. Siempre fue un trabajador, metódico y cumplidor. Se casó con Marisa, con la que sigue, y lo único que le pide a Dios es «faltar antes que ella». Cuando perdió a su hija lo afrontó con entereza y salió adelante con su mujer; con el tiempo volvieron a sonreír: «Hay que aceptar lo que el Señor te mande», se decían. Jacinto soñó con ser torero cuando era un chaval, lo intentó por las capeas y llegó a debutar en público en algunos festejos menores por los pueblos. Uno de los problemas que tuvo, seguramente el principal, fue que todo lo basaba en el arrojo y en el valor, así que más que torear, atropellaba la razón. Resumiendo, él era más bruto que el animal. Cada tarde salía a unas seis volteretas de media por cada becerro que toreaba, o intentaba torear. Por suerte, nunca sufrió una cornada, pero un día en un pueblo de Ávila un novillo le pegó un porrazo y le partió la nariz y la clavícula; justo en ese momento entendió que aquel no era su camino. Cuando conoció a Agustina ya se le habían pasado las ganas de ser torero, aunque a ella le encantaba escuchar sus historias, cada vez más exageradas, de aquellas tardes en los festejos de las ferias de los pueblos. A César no le gustan los toros, nunca le vio el más mínimo sentido a esa fiesta; sin embargo, son la pasión de Jacinto, que de vez en cuando sigue pegando lances con el mantel antes de poner la mesa. César le provoca con eso de que «los suyos», los de izquierdas, se quieren cargar la fiesta nacional y que los únicos que la defienden son «los míos»;

presume más para hacer rabiar a su amigo que por interés. Él ni ha ido ni irá nunca a los toros. Jacinto tuerce el gesto, pero se defiende con la lista de personajes relevantes «y rojos» que han sido aficionados a los toros, que si Lorca, que si Alberti, que si Ortega y Gasset, que si Indalecio Prieto. «¿Tú sabías que en el exilio de México Indalecio se hizo amigo de Manolete?... Pues para que te enteres, César, que no te enteras. Manolete le firmó una foto suya a Indalecio Prieto en la que decía "De español a español", ¿eh? ¿Cómo te quedas? Que hay que tener cultura, César, ¡CUL-TU-RA!... que no te enteras».

A César le hace gracia picar a Jacinto, que en este rato se olvida un poco del alzhéimer de Agustina. Sebastián, el camarero de La Torreta, les llama «las jóvenes promesas» cuando piden sus cafés, solo Jacinto y con leche muy caliente César. No toman nada más porque al portero le parece que es un sitio carísimo y para que le cobren dos euros por una tostada se la hace él en su casa. Eso dice. Una vez comieron aquí los cuatro, ellos dos con Marisa y Agustina. Invitó César por un aniversario y todo estaba muy rico, pero Jacinto y Agustina no se lo pueden permitir. A él no le importaría pagar siempre, pero eso es algo que su amigo no consentiría. Así que por las mañanas solo café, suficiente para echar un rato discutiendo, estando juntos y queriéndose, que es lo que les une principalmente a los dos. Antes de marcharse, siempre hay un momento en el que Jacinto se desahoga hablándole de Agustina. Por las mañanas está mejor, reconoce más y «casi, casi parece que está normal», le cuenta. A medida que avanza el día, va poniéndose peor, olvida más cosas y por la noche ya lo confunde todo. A César se le ocurrió que su marido le debería regalar una rosa cada mañana y ponerla en la salita en un vaso de agua. A medida que fuera pasando el día, la flor estaría ahí para que ella recordarse lo que sucedió al comenzar la jornada. Y eso hace, cada mañana, César le lleva una rosa a Jacinto a La Torreta para que se la regale a su mujer. Ya les ha dado tiempo a comprobar que no da ningún resultado, porque no influye en absoluto en la memoria de Agustina, a la que se le sigue olvidando todo según pasan las horas. Da igual, César disfruta llevándole la rosa a Jacinto, Jacinto disfruta regalándosela a Agustina y Agustina sonríe un instante al olerla.

Nuria Cadenas y Nacho Blázquez están desnudos en la cama de una habitación que se alquila por horas en la calle General Pardiñas, casi en la esquina con Goya, en pleno barrio de Salamanca. Se acaban de acostar conscientemente, han disfrutado premeditadamente del sexo, han quedado expresamente para tenerlo porque querían tenerlo. Claro que las dos cervezas que se han tomado antes de comer, la botella de vino que se han bebido durante la comida y el *gin-tonic* de después de los postres han ayudado a desinhibirse y a que disminuyera la vergüenza, pero la decisión estaba tomada y no tenía cabida la excusa de «es que me había tomado dos copas...». Lo han hecho de día, sabiendo que lo iban a hacer desde por la mañana; en realidad, desde que Nacho alquiló la habitación el día anterior. Planearon inventarse una reunión fuera de la oficina por la tarde para no volver a trabajar y quedaron a comer en un restaurante al lado del apartamento por horas.

Esta mañana, Nacho ha recortado un poco su vello púbico y después lo ha rasurado por la base del pene. De esa forma aparenta ser más grande. Ayer, Nuria fue a hacerse la pedicura y la manicura y después a comprarse ropa interior. Escogió un rosa clarito para el color de uñas y optó por el negro para el conjunto de encaje, eso siempre es una apuesta segura, si bien temió que las bragas se marcaran demasiado con el vestido que tenía previsto ponerse, también de color negro. Pensó que ese era el ideal porque es discreto y la falda tiene suficiente vuelo para levantarse sin demasiada dificultad. En eso también pensó. Nacho ha estrenado calzoncillos, unos bóxer negros de Calvin Klein. Su mujer es la que se los suele comprar, pero últimamente le trae unos más baratos que son cómodos para usar a diario, pero no los mejores para enseñar. Después de ducharse se ha esparcido el desodorante por las axilas, un poco en el pecho, en la tripa y ha dado un último *puff* por dentro del calzoncillo. Ha elegido la camisa azul marino porque es la que menos tripa le hace y un vaquero también oscuro que él cree que le hace parecer más delgado. Nuria ha tardado mucho más de lo normal en peinarse. No terminaba de dar con el punto justo, se ha pasado la tenaza primero, se ha deshecho las ondas después porque le parecían demasiadas y se las ha vuelto a hacer exactamente de la misma manera. Ha tardado más de una hora y, aun así, no se siente del todo contenta de cómo le ha quedado el pelo.

La mañana en la oficina, hasta la hora de irse a comer, se les ha hecho eterna. Conscientemente, han coincidido menos que cualquier otro día, estaban demasiado nerviosos para verse y tratar temas medianamente importantes. Los dos han tenido algún momento de arrepentimiento, los dos han pensado anular la cita en algún instante, los dos han llamado a sus parejas alguna vez más de lo habitual, «a ver cómo iba todo». En la comida, ya juntos y solos, ha habido una mezcla de excitación, vergüenza, cargo de conciencia y un esfuerzo titánico para parecer más seguros de sí mismos de lo que estaban. Ninguno ha querido comer demasiado, luego eso se nota al moverse, es conveniente estar ligero y evitar el flato, que a veces hace de las suyas. Nacho y Nuria han preferido beber, era lo mejor antes de subir a la habitación. Al entrar en el portal, ella estaba más insegura que él, en el ascensor era él el que tenía más dudas, a los dos les costaba respirar con normalidad justo cuando iban a abrir la puerta y ambos preferían que fuera el otro el que llevara la iniciativa.

La habitación estaba concebida para encuentros fugaces de parejas, muy coherente al tratarse de un alquiler por horas. Muebles modernos de los noventa, que ya son antiguos. Una pared roja, las mesas lacadas en negro brillo, exceso de metacrilato, el sillón de cuero rojo como la pared, una alfombra de pelo verde... Del mismo modo que en algunos hoteles normales dejan caramelitos en la mesilla, aquí han colocado un par de preservativos. Hay champán en una cubitera con una nota al lado: «La botella tiene un precio de veinte euros». Es muy posible que nadie la haya abierto desde que se inauguraron estas habitaciones y sea la misma que pusieron allí el primer día. Los dos se acercan excitados y nerviosos y se besan, él la coge rodeando su cintura y ella posa las manos en sus hombros. Es bonito el beso, es emocionante, tan deseado durante tanto tiempo.

Él no tarda en excitarse y se le nota, a ella le gusta notarlo. De repente comienza a subir la falda con su mano derecha hasta tocar el muslo, que también recorre hacia arriba. Nuria había imaginado este momento muchas veces en los últimos días. Antes de desnudarse toman la precaución de bajar bastante la persiana y dejar la habitación en penumbra. Los dos se sienten así más seguros, la luz delata los defectos, vale con ver lo suficiente. Ya desnudos y sobre la cama, a ella le ha costado dejarse llevar y Nacho ha tenido algún momento de bajón. Poco a poco, se han relajado, han hecho lo que les apetecía y han acabado bien. Muy bien, según él. Algo más convencional de lo que ella fantaseaba. Para los dos ha sido bonito y, sobre todo, ha sido nuevo. Con eso era suficiente. Ahora Nacho está mirando al techo y Nuria recuesta la cara sobre su hombro. Él le acaricia el pelo, ella el pecho, haciendo surquitos en el vello, negro y rizado, con sus uñas rosa pálido. Están aislados, son furtivos en una habitación en la que nadie sabe que están. Dentro de un rato volverán a sus casas y besarán a sus parejas y a sus hijos con cierto sentimiento de culpa, eso es algo que ya saben que pasará. También saben que esta relación se acabará tarde o temprano, los dos tienen claro que no quieren cambiar sus vidas. Cada uno seguirá con su rutina, su felicidad sin brillo, su buen puesto y su todoterreno. Todo eso será así un poco más tarde, pero en este instante no se cambiarían por nadie. Los dos desnudos en la cama miran el reloj y se besan. Todavía les queda un ratito más.

Laura, Eugenia, Carmen y Pilar siguen cobrando lo mismo que antes, siguen ocupando el mismo lugar dentro de la oficina y siguen siendo igual de eficaces. Esperan que la primera cosa cambie pronto como consecuencia de la tercera. De momento no hay variaciones, pero se sienten más respetadas desde que Rocío es la jefa, no solo la suya, sino la de todos. De repente, empiezan a tener nombres, cada una el suyo, es menos frecuente que se las identifique como «las de producción». Han bastado un par de comentarios en voz alta de Rocío en otros departamentos poniendo en evidencia la importancia de las cuatro en la empresa para que dejen de ser invisibles. Hay algo de este cambio que les produce inquietud, tanta que ni siquiera se atreven a comentarlo entre ellas. Todo ha mejorado desde la muerte de Camilo y eso suena horrible, así pensado. Ni a decirlo se atreven. Nunca les cayó mal Camilo, entre otras cosas, porque, aparte del saludo correcto cuando se lo cruzaban por un pasillo o en el portal, no tenían ni idea de cómo era. Cuando las cuatro se quedaban a comer en la sala hablaban de él casi siempre con admiración, la que se le suele tener a la gente inalcanzable. Camilo era sexy, por el físico y por el éxito, que también aumenta el atractivo de los hombres. A Laura y a Eugenia les parecía un poco mayor para pensar en él de cualquier otra manera que no fuera como jefe. Además, Laura tiene novio y Eugenia se casó el año pasado, así que ni pensarlo. Sin embargo, a Carmen y a Pilar los veinte años de diferencia no les hubieran supuesto ningún impedimento para acostarse con él. Pilar lo ha hecho con alguno de Tinder, mayor incluso. «Y son los mejores porque saben más», presumía. «¿Y qué más saben?», preguntaba Laura, incrédula. «Lo que no saben los de nuestra edad», insistía Pilar. «Pues mi marido tiene treinta y tres, y yo estoy fenomenal», decía Eugenia, seguramente porque necesitaba decirlo. «Pues yo me lo hacía sin dudarlo», remataba Carmen.

Y la verdad es que más de una noche se lo hizo imaginándoselo en su habitación. Y Pilar, también. Ninguna de ellas se lo contó a las demás, porque esas cosas no se comparten. Ahora Camilo está muerto y ya no parece tan increíble. Nos acostumbramos a la muerte, como nos acostumbramos a casi todo. Cuando les llegó la noticia aquella mañana nadie se lo podía creer, era algo inimaginable no volver a verle, nadie pensó nunca que pudiera suceder. Los días son muy parecidos unos a otros, necesitamos certezas, costumbres y rutinas. Todo el mundo tenía la seguridad de que Camilo iba a entrar por la puerta de BB cada día, de que iba a estar en su despacho hoy y mañana y pasado y al otro... Hasta que un día dejó de estar. Ahora la rutina es que no esté y todo el mundo se va acostumbrando a eso. En realidad, ya se ha acostumbrado, es una obviedad, algo incontestable. Está muerto. Aunque se le eche de menos, aunque se le recuerde, aunque duela. Y la verdad es que cada día que pase se le recordará menos y algún día dejará de doler. Laura, Eugenia, Carmen y Pilar no volverán a tener ninguna conversación sobre si su jefe es atractivo o demasiado mayor para ellas. Y ni Carmen ni Pilar tendrán ya más fantasías en su cama «haciéndose» a Camilo. Los muertos no sirven ni para eso.

Rocío pide a las cuatro que la acompañen porque quiere presentarles al nuevo dueño. Todas la siguen y entran detrás de ella por primera vez en el despacho de Camilo hijo, que ya es el único Camilo que hay. «Estas son Laura, Eugenia, Carmen y Pilar, quería que las conocieras porque, como te he dicho, son fundamentales en el funcionamiento de Bocabesada». Ellas escuchan a su jefa con cierto orgullo. Camilo las saluda una a una con dos besos. «Como hemos hablado, hay que mejorar sus condiciones», explica Rocío mientras él reparte los ocho besos. «Si tú lo dices», contesta sonriendo, y las cuatro chicas sonríen aún más. A Laura y a Eugenia, Camilo les parece demasiado joven para pensar en él de ninguna otra forma que como jefe. Carmen se dice que «se lo haría sin dudarlo» y Pilar cree que ya le enseñará ella lo que el chico no sepa. Definitivamente, ha empezado una nueva etapa en Bocabesada.

Además de HBO, Movistar también ha mostrado interés por la serie *Edén* y están dispuestos a encargar su desarrollo con urgencia para emitirla en esa plataforma. Así se lo han hecho saber a Rocío Vizcaíno esta misma mañana. Que haya dos plataformas interesadas en el mismo proyecto permite negociar mejores condiciones. A veces sucede y esta ha sido una de esas ocasiones. Una serie puede pasar de ser rechazada a que, por distintos motivos, casi nunca demasiado lógicos, dos plataformas se peleen por tenerla. Cuántos proyectos que nunca vieron la luz habrían sido éxitos, cuántas series, programas de televisión o libros imprescindibles jamás llegaron a ver la luz. No demasiados, seguramente. O sí. La novela en español más vendida del siglo XXI se publicó como una más, con una tirada escasa y sin demasiadas expectativas comerciales. Lleva vendidos más de quince millones de ejemplares y está traducida a decenas de idiomas. El programa de televisión de más éxito, líder de todas las cadenas durante más de tres lustros, se emitió por un empeño personal de un directivo porque nadie apostaba a que un espacio de entrevistas en el que salían dos muñecos por debajo de una mesa pudiera interesar demasiado. Son solo dos ejemplos en España, pero hay decenas en todo el mundo. Genera inquietud pensar en los que pudieron, pero nunca llegaron a ser. Cuántas creaciones se habrán quedado para siempre dentro de un cajón.

Martín Varela todavía no sabe que Movistar también quiere la serie basada en su novela, tampoco Nuria Cadenas y Nacho Blázquez, que piensan que HBO es la única interesada. Y Rocío aún no se ha enterado de que el autor no llegó a firmar el contrato de cesión de derechos con BB y que Cadenas y Blázquez quieren comprárselos directamente a él, dejando fuera a su productora.

Martín ha pensado que, de hacerse, quiere que su serie la escriba un guionista concreto. Luis Recio, el que había hecho el primer desarrollo de la novela, le parece demasiado mediocre. Correcto y previsible, según Martín, no supo nunca interpretar lo que realmente quería contar *Edén*. Cuanto más interés exista por la serie más fácil será para Martín imponer algunas exigencias y la principal será elegir él al guionista.

Mientras tanto, él sigue avanzando en su nuevo libro. No se relaciona demasiado en Nueva York, pasea mucho por Manhattan y escribe. Algunas noches sale a cenar con sus caseros, Kevin y Luis. La pareja le cae bien y ya le han perdonado aquella visita de pago al prometerles que no volvería a suceder. Él bromea con ellos diciéndoles que a partir de ahora solo llevará a su habitación a gente «gratuita». Martín no está mejorando nada su inglés, sino que es Kevin el que está aprendiendo español cuando hablan su novio y su inquilino. Son una pareja sofisticada y a él le gusta escucharles; incluso les ha prometido que los va a sacar en su próxima novela, ya se inventará algo para meter a una pareja homosexual. O no. Es probable que los saque como sus caseros, así está siendo casi toda la historia; no siempre hace falta inventarse la verdad.

Cuando Martín se despierta a las nueve de la mañana en Nueva York, tiene tres llamadas perdidas de Rocío Vizcaíno; decide contactar con ella todavía tumbado en la cama.

—Martín, tengo una buena noticia. Movistar también quiere hacer *Edén* —le cuenta Rocío después del saludo protocolario.

—¿Y con quién prefieres hacerla tú, con HBO o con Movistar?

—No lo sé, pero esto abre una nueva negociación y seguro que más beneficiosa para todos.

—Pero vosotros ya teníais un acuerdo con HBO, ¿no? —pregunta Martín, fingiendo una inocencia que no tiene.

—Bueno, en realidad, no había nada firmado.

—Ya...

—Si te parece, yo te iré teniendo al día de lo que vayamos negociando. Solo quería contarte lo de Movistar.

—Por cierto, me llamaron Nuria Cadenas y Nacho Blázquez, de HBO.

—¿Y eso?

—Quieren comprarme a mí directamente los derechos de *Edén*. Les he dicho que lo pensaría.

—¿¡Cómo!? Pero, Martín, tú tienes firmado un contrato con Bocabesada.

—No, era simplemente un acuerdo. No llegué a firmar nada.

Rocío se mantiene en silencio, pero a su mente viene la cara del responsable y de todo el departamento legal y financiero de la productora que no ataron el contrato con Martín Varela. «¡Subnormales!», piensa. Hay un momento en el que teme haberlo dicho en alto.

—¡No te preocupes, mujer! A mí me da igual, lo único que quiero elegir es al guionista.

—¿Y Recio?

—Recio es un mediocre.

—Bueno, no creo que eso vaya a ser un problema. ¿Quién quieres que la escriba?

—Alberto Domínguez Yuste.

—¿Alberto Domínguez Yuste? —Rocío no disimula su extrañeza—. No creo que ninguna plataforma acepte eso.

—Pues tiene que ser él.

A Alberto Domínguez Yuste todos sus amigos le llaman Garo. Uno de ellos es Martín Varela, que antes de conocerle y poder llamarle Garo ya le admiraba casi con devoción. Para hablar de él hay que pronunciar el nombre de pila y los dos apellidos: Alberto Domínguez Yuste. No vale decir Alberto, ni Alberto Domínguez, esos podrían ser cualquiera. Alberto Domínguez Yuste es la única manera en la que el mundo del sector le reconoce. Garo llegó al cine por casualidad y empezó a trabajar de guionista en películas de los años ochenta, ese momento en el que se rodaba lo que se quería sin vetos ni autocensuras. A mediados de los noventa, escribió un guion colosal que decidió dirigir él mismo; ya pasaba de los cuarenta años. Esa cinta acaparó todos los premios Goya de aquel año y le proporcionó reconocimiento internacional, en Hollywood le llamaron el Tarantino español.

Después vinieron más películas, que, independientemente de tener más o menos éxito —hubo de todo—, siempre tuvieron un sello especial. Esa forma de contar la vida, a veces descarnada, otras tierna, de hombres duros, mujeres al límite, personajes extremos, violencia, sexo, cariño, inteligencia y compasión, tenía que ver con lo que Garo es y tiene: un hombre culto, una mente preclara, un talento innato, una sensibilidad en las antípodas de la cursilería y una manera de entender el mundo en la que la verdad es verdad y la mentira es mentira.

Hijo de torero y de una mujer avanzada a su tiempo, estudió en los mejores colegios de pago porque su padre lo ganaba en los ruedos y su madre lo invertía en la educación de sus hijos. Domina el inglés, algo poco frecuente en los hombres de su edad, que ya han pasado los setenta. Eso le permitió codearse con algunas estrellas de Hollywood, allí y aquí, porque cuando los actores y actrices internacionales venían a España siempre sentaban a Garo a su lado. Era el único que realmente podía entablar con ellos una conversación más allá de «*naistumityu... ainfainzenkiu*» del que no pasaba la mayoría de la gente que hacía cine aquí. Es una fuente inagotable de anécdotas maravillosas con actores, actrices, toreros, amantes de toreros, escritores de éxito, poetas malditos, directores de Hollywood que vinieron a España y directores españoles que triunfaron en Hollywood. Para uno de estos últimos escribió el guion de una película de mucho éxito en medio mundo en cuyos títulos de crédito no apareció su nombre. Es algo que podría contar y no lo hace, él solo cuenta lo que le da la gana y cuando le da la gana. Así es y así vive.

Estuvo encarcelado por rojo a principios de los setenta; en la prisión de Carabanchel conoció a políticos con los que luego tuvo contacto durante toda su vida.

Políticos de izquierdas que ya han muerto o simplemente no están. A él tampoco le apetece mucho estar y la mayoría de los integrantes de esa cosa que no existe y a la que se llama pomposamente «la industria del cine» tampoco quieren que esté. Es mayor, es de otra época, es taurino. «¡Ay, taurino, qué horror!», se escandalizan algunos. Garo ha visto, de verdad, todo el cine de todas las épocas y ha leído, de verdad, todo lo que había que leer. No dice que lo ha leído, lo ha hecho. Esto incomoda a esos personajes espumosos, tan frecuentes en «la industria», que hablan de Chéjov, porque les suena de las escuelas de interpretación, pero si la conversación se pone profunda, la cultura impostada queda al descubierto. Cuando te sacan de los cuatro tópicos, que si las cuotas de género, el cambio climático, lo malo que es Trump, que la paz es mejor que la guerra y la necesidad imperiosa de adoptar galgos, el discurso de «la industria del cine» se queda un tanto vacío. Los impostores culturales tienen poco recorrido con Garo, pero lo peor de todo es que él no se da importancia. Eso es desesperante.

A Adela le dieron el papel de Luna en *Iguales*, la serie que rodará próximamente su tercera temporada para Prime Video. Necesita trabajar, está feliz por eso. La segunda prueba le salió bien, se concentró e hizo lo que le pidieron las directoras de *casting*. Leyó el texto dándole la intención exacta que ellos querían y salió de allí con su mejor sonrisa despidiéndose de todo el mundo con dos besos. Hasta que no se había alejado cincuenta metros del portal no pegó un grito de rabia. No quiere ser polémica, arrastrar esa fama en el mundo de la interpretación es muy peligroso, es el camino más corto para que ningún director te llame. Hay actrices y actores insufribles para el equipo, son los que, además de imbéciles, se lo pueden permitir. Hay otros que sin poder maltratar con sus estupideces a la gente que les rodea, porque ni generan interés ni tienen especial talento, también son conflictivos. Estos acaban trabajando poco.

Llamar la atención es algo inherente a los actores. Ellos dicen que su oficio, eso que les mueve desde su interior para haber elegido esta profesión, consiste en «ser quien no eres»; en la mayoría de los casos, eso es una buena noticia. Adela solo ansía una cosa, ser quien es en una serie o en una película. Es humillante ser una cuota, odia ser la cuota *trans*. Ella es una mujer que quiere hacer de mujer, eso sí sería inclusivo. Inclusivo también sería escribir un guion en el que apareciera una transexual que fuera una médica o una abogada o una ingeniera de éxito, no una puta alcohólica. «¿Inclusivas?», piensa sobre las directoras. «¡Inclusivas, mi coño!», se desahoga camino del rodaje.

A Adela no le han entregado hoy el guion de la escena de *Iguales* que tiene que rodar dentro de un rato. Lo pidió ayer para poder estudiárselo con tiempo, pero no se lo mandaron. «Me han dicho que no te preocupes, que tienes muy poco texto», es la explicación que le ha dado la ayudante de producción que la ha acompañado a maquillaje. No queda mucho para la hora prevista de grabación; al parecer, se trata de una escena con mucha figuración, todos los que rodean a Adela en la sala de maquillaje parecen mendigos, gente al límite, a una actriz que hace de extra le están poniendo en los dientes el esmalte oscuro que se utiliza para parecer que no los tiene. A ella también la están maquillando distinta a como lo han hecho los primeros días de rodaje, más pálida, la raya del ojo ancha y difuminada, como si acabara de restregársela después del llanto... «Vamos al set», dice otra ayudante de producción. Adela saluda al equipo y a una de las directoras, la más alta de las dos y posiblemente la que peor le cae, aunque esa competición está muy igualada. «¡Hola, Adela, cariño!»; las dos directoras tienen la manía de añadir «cariño» cada vez que se dirigen a los actores, es otra cosa más que Adela no soporta de ellas. El decorado del set simula una especie de garaje abandonado con algunos coches para el desguace. «No sé cómo es la escena, nadie me ha mandado el guion», Adela. «No te preocupes, yo te lo explico, cariño... Tú estás en el coche con esta chica —la directora señala a la actriz mellada— pinchándote heroína con la jeringuilla, ya sabes, primero un poco ansiosa, y cuando te pinches, pues te quedas como dormida, así, como muy mal, ya sabes, cariño...». La directora le da la espalda a Adela para transmitirle instrucciones a la actriz mellada. «Perdona —Adela la interrumpe—, ¿desde cuándo Luna es una yonqui?». «Le hemos dado una vuelta de tuerca más al personaje, ahora Luna también es yonqui, cariño», la directora zanja la conversación. «Yo no sabía que Luna era yonqui», Adela insiste con la voz entrecortada. «Luna es puta, alcohólica y yonqui, tampoco es tan raro en una transexual, cariño».

Jennifer Estrada va camino del Four Seasons en el centro de Madrid, es el último hotel de lujo que han inaugurado en la capital. Tiene que ir a la habitación 404, le han pedido que no pase por recepción y suba directamente. Todos los contactos los organiza la señora Jaqueline, que naturalmente no se llama Jaqueline, sino Dolores, y es de Cintruénigo, un pueblo de Navarra. Es socia de una agencia de modelos que trabaja para las principales marcas españolas e internacionales. Ser socia, en su caso, significa que no tiene nada que ver con la actividad de la agencia, pero sí con las modelos. La otra asociada trabaja con las marcas y recibe de ella un porcentaje de lo que las modelos producen con «la otra actividad». La señora Jaqueline es la que tiene información sobre los clientes, las chicas no saben a quién se van a encontrar hasta que llegan a la habitación y el señor abre la puerta. Lo único que se les comunica es si han contratado algún servicio especial, que naturalmente aumenta la tarifa. Griego, lluvia y sado, como sumisa o como ama, son los más comunes. Jennifer no acepta ser sumisa porque una vez le contó la señora Jaqueline que hay clientes a los que se les va la mano y a ella le da miedo.

La señora Jaqueline —siempre va el «señora» por delante del nombre, como las profesoras en los colegios de pago— es, a su manera, una mujer honesta y no engaña a las «modelos». Les explica bien lo que el cliente ha pedido y les da algunas pistas sobre ellos, cuando las tiene, si se trata de habituales. Después, es la chica quien decide si lo quiere hacer o no, ella sabrá si prefiere ganar más o menos dinero por un servicio. Jennifer tampoco admite griego porque le duele. Alguna vez lo ha hecho con algún novio y no le ha gustado demasiado. Además, nunca sabe una el tamaño que se va a encontrar. En general, todas las pollas son normales, algunas un poco más grandes y otras un poco más pequeñas, pero, en definitiva, son normales. La excepción es encontrarte alguna enorme, de esas que asustan, o algún micropene, que da un poco de lástima. De ambos extremos hay muy pocos. Si hubiera más micropenes, ella aceptaría el griego, que son ciento cincuenta euros más, pero también está el riesgo de encontrarte un «pollón» y que te entre pánico. Mejor no jugársela.

Ella ha estado ya varias veces en el centro comercial Canalejas, uno de los más lujosos de Madrid, que abrieron en la parte baja de este hotel cuando lo inauguraron, pero es la primera vez que va a estar dentro de una de sus habitaciones. El servicio que tiene que hacer al cliente de la habitación 404 incluye lluvia dorada, que es básicamente hacer pis encima del señor. Algunos quieren que se lo hagas en la cara y otros, menos atrevidos o más escrupulosos, prefieren que la orina les riegue solo su pecho. Lo demás, lo normal, el básico de una hora: un poco de masaje, francés y penetración, las dos cosas con preservativo.

Antes de subir a la habitación, Jennifer quiere ver un bolso pequeño de color verde fosforito que ha hecho Versace en una edición limitada y que es ideal para ir a una fiesta de noche. «¿A qué hora cierran?», le pregunta a la dependienta, y echa una ojeada a su reloj. «Voy a mirar más cosas y vuelvo en una horita más o menos». La dependienta le sonríe mientras ella va en busca de los ascensores.

Siempre hay algo de nervios cuando golpea la puerta de una habitación. Ese instante en el que se oyen los pasos en el interior, esos segundos en los que no sabes quién estará al otro lado. Jennifer oye cómo se cierra una puerta y se abre otra dentro de la habitación y comienza a sonar una música de ambiente. Por fin, el señor abre. «Hola», dice ella. «Hola», contesta él. Jennifer anda unos pasos, los suficientes para que el hombre pueda cerrar. «Pasa», la invita. La chica deja su bolso encima de un butacón. «¿Cómo te llamas?», pregunta él. «Claudia», miente ella. A Jennifer —Claudia dentro de las habitaciones de hotel— le suena muchísimo este hombre, pero no sabe de qué. Le calcula unos cincuenta y muchos años, alto y con bastante barriga, barba y pelo blanco, despoblada la cabeza a la altura de la coronilla y gafitas pequeñas de metal. El cutis, con esa tersura que tienen los gordos, que impiden que las arrugas se desarrollen de manera natural, sin espacio para que los surcos se abran camino entre tanta grasa. Podría haber hecho de Papá Noel en cualquier película, pero no es de eso de lo que le resulta familiar a Jennifer, que a toda velocidad va haciendo memoria de cuándo y dónde ha visto antes a este señor.

«¿*Quiedes tomad* algo?», al oír la pregunta con una ausencia total de la letra erre es cuando se da cuenta de quién se trata. El año pasado se sentó cerca de él en la entrega de los premios Goya. Disimula bastante bien su incapacidad para pronunciar la erre, pero es una de sus principales señas de identidad. El hombre que ha contratado los servicios de Jennifer es Eduardo Cavestany Pla, ministro de Cultura. Jennifer no dice que le ha reconocido, eso nunca se hace. Es lo mismo que ha hecho él, preguntarle el nombre cuando sabe perfectamente de quién se trata; podría enumerar las series en las que la ha visto y se sabe de memoria todas las fotos sugerentes que la actriz tiene en su Instagram. En la mayoría, Eduardo Cavestany Pla, excelentísimo ministro de Cultura, ha deslizado sus dedos sobre la pantalla de su iPhone para ampliar las fotos de Jennifer justo por esas partes de su anatomía que más soñaba tocar.

«¿Cómo te llamas?», quiere saber Jennifer. «Miguel», contesta él. Claudia y Miguel rompen el hielo contando ella que está estudiando diseño y él diciendo que es piloto de Vueling. Ninguno de los dos hace preguntas incómodas al otro, qué más da. Él abre la botella de champán que tenía enfriando en una cubitera con hielo y le ofrece una copa. Ella da dos sorbos sin apenas beber, Miguel se la acaba en un par de tragos. Jennifer se convierte en Claudia y le pide que le pague por adelantado. Eduardo, en su papel de Miguel, le suelta lo acordado con la señora Jaqueline en billetes de cien. Ella se quita toda la ropa y se queda solo con un tanga blanco, el ministro mira a la actriz y siente una excitación que parte desde el estómago y le recorre entero, como un calambre que hace temblar un poco sus piernas. Abraza su cuerpo joven, duro, suave, perfecto, casi le da vergüenza acariciarle el culo. A pesar de haber pagado para poder tocarlo, en el fondo esperaría que la chica le apartara sus manos y le soltara una bofetada. Lógicamente, no es así, y Claudia desabrocha el pantalón del supuesto Miguel, que se desliza por sus piernas hasta llegar al suelo. La imagen de uno y otro es rotundamente desigual. El esplendor del cuerpo de ella cubierto por un diminuto tanga y el del excelentísimo ministro con los pantalones por los tobillos, los calcetines ejecutivos negros casi a la altura de la rodilla y la camisa blanca a medio muslo. Deprisa y torpemente, él se quita por su cuenta todo lo que lleva y ella se tumba en la cama esperando a que termine el proceso. Cuando él la ve en la cama siente por un instante una sensación de felicidad plena. *«Edes peciosa»*, dice. A Jennifer le dan ganas de reírse, pero Claudia hace que se contenga.

Su cuerpo es blanco y fofo, los hombros anchos, como una especie de recuerdo lejano de haber practicado algo de deporte en su juventud, pero el resto tiene la deformidad propia que adquieren las carnes cuando pasan los años y cesa definitivamente la actividad física. La tripa del ministro, que ahora es Miguel, se desparrama hacia los lados cuando se tumba boca arriba y Claudia le pone un condón antes de metérsela en la boca. Jennifer se esmera y se da cuenta por los gemidos y los espasmos de Miguel-Eduardo de que la cosa puede durar muy poco, puede durar exactamente lo que ella decida que dure. «*Espeda* un poco, *espeda* un poco», Miguel se reincorpora y le pide a Claudia que se tumbe boca arriba, ella obedece y ahora es el ministro el que mete su boca entre las piernas de la actriz. Ella cierra los ojos y se deja hacer. Al principio piensa en el bolso verde fosforito de Versace que hay en la tienda de abajo, pero poco a poco va comprobando que el excelentísimo ministro sabe hacer muy bien lo que está haciendo. Alguna vez ha disfrutado del sexo con los clientes; no es frecuente, pero también en eso se tiene buena o mala suerte. No es distinto a cuando se sale a tomar una copa y acabas con un chico en la cama. Puede ir mal, algunas veces; normal, casi siempre; o muy bien, casi nunca. En este oficio no es muy diferente. Una de las mejores relaciones que Jennifer ha tenido en su vida fue con un cliente francés que se hospedaba en un hotel en la calle Velázquez. Era espectacular en la cama e hizo que se corriera dos veces mientras la follaba fuerte estando ella a cuatro patas. Nunca antes le había pasado y nunca le ha pasado después. El señor ministro no tiene las cualidades de aquel francés, con él no tenía ninguna expectativa de placer, pero lo que le está haciendo con su lengua lo está haciendo muy bien. Jennifer se ha olvidado del bolso, se ha olvidado de que está trabajando y se ha olvidado de lo blanco y fofo que es el cuerpo del señor ministro. Todo lo contrario, pensar que tiene entre sus piernas la cabeza de la que depende todo el cine español le está dando mucho morbo. «Sigue ahí, sigue, sigue...». Eduardo sigue con la intensidad justa en el sitio preciso y a los pocos segundos Jennifer no se contiene, se le tensan los muslos, el vientre, siente un escalofrío y tiene un orgasmo intenso y prolongado. «Joderrrrr», prolonga ella la erre durante todo el tiempo que dura. Al ministro le excita mucho el placer que ha sentido la actriz y la penetra antes de que ella se recupere. Apenas le da tiempo a moverse dentro, dos o tres embestidas, cuatro como mucho, siente que no puede aguantar más y termina a los pocos segundos, desplomando su carnoso cuerpo sobre el de la chica.

Desde que entró por la puerta apenas han pasado veinte minutos, quedan cuarenta del servicio, pero Miguel le dice a Claudia que se puede marchar cuando quiera. «¿No quieres la lluvia?», le pregunta ella. Al fin y al cabo, es un extra en el servicio que ya había pagado. «*Oto* día», Eduardo pone tono de disculpa. Necesitaría mucho más de cuarenta minutos para recuperarse, así que es inútil prolongar la estancia de la chica en la habitación. Él se pone los calzoncillos y la camisa sin abrochar mientras ella se lleva la ropa al baño. A los pocos minutos sale tan impecable como el momento en el que llegó. «¿Nos veremos *oto* día?». «Por mí, encantada», contesta ella con sinceridad. «Adiós, Jennifer». «Adiós, Eduardo».

A Ana le despierta el pitido del WhatsApp en su móvil. Ha olvidado ponerlo en silencio antes de dormirse. Aturdida, palpa en su mesilla de noche hasta encontrar el teléfono, después busca, también al tacto, sus gafas. Sin ellas no es capaz de leer el móvil, pero se resiste a aumentar el tamaño de letra, eso le haría parecer mayor. Después de tirar al suelo sin querer un libro que había en la mesilla, por fin da con las gafas. Son las tres de la mañana.

Tengo ganas de hablar contigo.

Ana está medio dormida, pero no tarda en identificar de quién es el mensaje. No puede ser nadie más. Aun así, se hace la despistada.

¿Quién eres?

Soy Martín.

Son las tres de la mañana.

Perdona, no me he dado cuenta.
Aquí son las nueve.

¿Aquí dónde?

Pues en Nueva York.

¿Y no te has dado cuenta de que yo estoy en Madrid y hay seis horas de diferencia?

De verdad, lo siento...

No tengo ganas de hablar contigo. Voy a seguir durmiendo. La próxima vez mira bien la hora que es antes de escribirme.

Ana sale de la aplicación para dejarle claro a Martín que ya no está en línea. Por supuesto, no va a seguir durmiendo, está demasiado contenta para hacerlo. Ha hecho lo que tenía que hacer, no hacerle ni caso. «Si te parece, estoy aquí esperando para cuando al señor le dé la gana hablar conmigo», se convence a sí misma. Mostrarse indignada es lo que tiene que hacer, aunque lo que desearía es coger el teléfono y hablar con Martín. Preguntarle qué hace y cómo está, saber si se volverán a ver y si falta mucho para que eso suceda. «Si ha escrito a estas horas, será importante», piensa mientras va a la nevera a coger algo para comer, aunque no le apetece nada. Al final, abre un armario y coge una galleta de chocolate, la mordisquea sin muchas ganas a oscuras sentada en una banqueta de la cocina. Después de esa, coge otra y luego una tercera. También se sirve un vaso de leche fría. Reconoce perfectamente ese sentimiento que no le permite estar del todo enfadada nunca con nadie y menos con él. Hay algo de sumisión en esa manera de relacionarse con las personas que no se portan bien con ella, siempre lo justifica, como si se lo mereciera. Hay una especie de incapacidad para defenderse, un victimismo que la reconforta. No todo es malo en esa manera de asumir que no siempre eres digna de cariño, lo bueno es que impide el rencor.

Al final, me he desvelado...

Lo siento. Tenía ganas de hablar contigo y no reparé en la hora.

Creo que has tardado demasiado en querer hablar conmigo.

Perdóname, tienes razón en enfadarte.

Tuve que enterarme por los portales que habías dejado la tele.

Necesitaba dejarlo todo atrás...

Ya...

Ahora solo quiero escribir.

¿Y no podías escribir en Madrid?

Si me hubiera quedado en Madrid, no habría dejado ni la tele ni nada.

Ese nada soy yo, ¿verdad?

Ana, no pido que me entiendas.

¿Y qué pides?

Nada, solo quería saludarte.

Eso no es muy de escritor.

¿Qué quieres decir?

En una novela nadie llama de madrugada a la persona a la que ha dejado tirada solo para decirle que quería saludarla.

Ya, pero esto es la vida real y ahora no estoy escribiendo.

A ti la vida real te aburre, la tele te aburre, yo te aburro...
Tú siempre estás escribiendo, aunque no escribas. Te lo he oído decir muchas veces.

Creo que voy a sacarte en mi próxima novela.

Eso ya es más literario. El escritor diciéndole a la chica que la va a sacar en su novela.

Lo digo en serio.

Vale, son las tres y media, y mañana madrugo.

Me encantaría que te escapases conmigo unos días a Nueva York. Iríamos a comer al Cipriani del Soho, a cenar sushi a Nobu y pasearíamos por Central Park.

Ves, tú siempre estás escribiendo.

Nacho quiere retomar su novela. Más que retomarla, volver a empezarla. Mejor dicho, empezarla simplemente, porque después de intentarlo no había pasado del primer párrafo, que borró una y otra vez. De nuevo está en la mesa de escritorio de su casa con la motivación suficiente para comenzar una nueva historia. Definitivamente, no piensa escribir sobre Venecia y mucho menos situar la acción en el siglo XVII, esa no era una buena idea. Sin embargo, siente la necesidad de escribir. Fantasea con el momento de tener una novela terminada, imagina las librerías con pilas en las que se amontonan los libros con su nombre, escaparates con su portada y con casetas en las ferias literarias más importantes con cientos de lectores esperando para poder tener un ejemplar firmado por él. Sus hijos hacen los deberes y Celia está repasando algunas citas y facturas de la clínica. Cada vez acuden más mujeres, sobre todo jóvenes. Antes era extraño ver a una mujer de menos de cuarenta y cinco años hacerse algún tratamiento estético, ahora son frecuentes las operaciones de chicas con menos de treinta. Además, cada vez hay más hombres poniéndose bótox y haciéndose liposucciones y *liftings*. El negocio estético es cada vez más boyante gracias, sobre todo, a las redes sociales, a la necesidad de verse en la vida real con la perfección con la que salen las *influencers* en Instagram o en TikTok. Confundir la realidad y la ficción está haciendo aún más ricos a los cirujanos estéticos.

Nacho ha empezado escribiendo una escena de sexo, quiere que la novela empiece fuerte. «Es importante enganchar al lector desde el principio», lo tiene claro. Cuando escribía guiones de películas juveniles estaba acostumbrado a hacerlo, aunque aquellas escenas eran demasiado previsibles y casi siempre con chicos y chicas de cuerpos esculturales. El capítulo que redacta ahora es muy distinto, se está inspirando en la última vez que se acostó con Nuria. Ninguno de los dos tiene el físico de los actores a los que iban destinados aquellos guiones, y asumirlo es algo que a Nacho no solo le tranquiliza, sino que le excita. Carne suelta y grasa desordenada en sus cuerpos; celulitis en los muslos de ella, una abultada redondez en la tripa de él; el paso de la vida en los pechos de ella, ausencia de músculo en la anatomía entera de él. Es liberador reconocerse así, encender la luz y mostrarte tal cual eres es un ejercicio de libertad. «Siendo libre se folla mucho mejor», le dijo Nacho a Nuria la última vez que se vieron después de que los dos se corrieran casi al mismo tiempo. «Deberías ponerte a escribir», dijo ella, admirada del elevado pensamiento de su amante.

Todos los jueves se ven en la misma habitación por horas, es el mejor día para no volver a la oficina por la tarde. Los dos pasan la semana esperando ese momento, el apartamento de los jueves los mantiene ilusionados el resto del tiempo. Nacho no quiere escribir sobre esa ilusión con Nuria que pone en duda su matrimonio con Celia. Le da miedo esa emoción que compromete su vida tranquila y prefiere no hacerlo. Nacho no escribe sobre cosas que le dan miedo, prefiere centrarse solo en el sexo. Mientras sus hijos hacen deberes y su mujer repasa los beneficios cada vez mayores de la clínica en la que trabaja, describe cómo el protagonista de su novela y su amante se «estremecen» de placer en una habitación alquilada por horas. A Nacho le ha parecido adecuado utilizar el verbo estremecer. Se está excitando a medida que escribe, recordando su encuentro con Nuria, que en la novela no se llama Nuria, sino Camila. A su personaje lo ha llamado Enrique, aunque también puede llamarle Quique. La escena está en un momento álgido, Camila está encima de Quique mientras este intenta alcanzar con su boca los pechos de ella para besarlos. A Nacho, al contrario de lo que le sucedía con Venecia, le fluyen los dedos y va sumando líneas a buena velocidad. Mientras detalla los gemidos de Camila sabe que está teniendo una erección, está ensimismado. Cree haber oído el timbre de la puerta, pero no está muy seguro. Quique agarra los glúteos de Camila, que sigue moviéndose arriba y abajo sobre él. Vuelve a sonar el timbre, ahora está seguro. «Niños, abrid, que estoy escribiendo», grita, interrumpiendo la escena. «Ya voy yo», dice Celia camino de la puerta. Nacho dirige la atención de nuevo a la pantalla del ordenador, se ha desconcentrado un poco, así que vuelve atrás y repasa la descripción de Quique y Camila, quiere hacer un paralelismo entre su naturalidad defectuosa y los cuerpos artificialmente tersos de gimnasio y liposucciones en clínicas como la que dirige su mujer. Se detiene en eso antes de rematar la escena sexual con un orgasmo simultáneo.

—¿Qué ha pasado? —Celia habla con una mujer en el recibidor. Nacho sale de su despacho y ve que se trata de Adela.

—Me he ido de la serie —dice con bastante tranquilidad.

—¿Cómo que te has ido de la serie? —Celia se extraña.

—Bueno, en realidad, me han echado —reconoce.

—Pero ¿qué has hecho? —pregunta Nacho, que se ha unido a la conversación. Adela sonríe, Celia le propone pasar a la cocina para tomar un café.

—¿Qué ha pasado? —insiste Nacho.

—Que le he dado una hostia —dice con muchísima serenidad.

—¿A quién? —Celia se alarma.

—A la directora alta, que me tenía hasta el coño... La he sentado de culo. —Adela no disimula cierto orgullo.

—¡Madre mía! —A Celia le entra un poco la risa.

—Después de esto, no creo que nadie te vuelva a llamar para trabajar en ninguna serie —concluye Nacho.

—Me da igual. —Adela se ríe, decididamente está encantada de haber hecho lo que ha hecho—. No quiero volver a actuar.

Rocío le da el biberón a Antonia. Su leche no es demasiado buena y necesita ayuda. Ella había fantaseado con darle de mamar hasta que tuviera dos años, que no necesitara nada más que su pecho para nutrirse y crecer con salud. No fue así, la niña no engordaba lo necesario y el pediatra le recomendó que compaginara la leche en polvo con la teta. A decir verdad, lo único que come es biberón, por mucho empeño que le pone Rocío por las mañanas antes de irse a trabajar y cuando vuelve por la tarde. Si Antonia tiene hambre y la coloca en su pecho, su llanto es incontenible. En el instante en que le mete en la boca la tetina de goma y de ella empieza a fluir leche artificial, se acaban los lloros, la niña succiona con ansia y llega la paz. Hay algo de frustración en Rocío, siente que en ese rechazo de Antonia a su leche está su primer fracaso como madre, justo en lo más primario. Prefiere no pensarlo, pero tiene un poco de tortura en ese sentimiento. Esta mañana tiene una reunión con HBO para hablar de algunos proyectos, entre otros el de la serie *Edén,* a la que llega tarde y ni siquiera ha querido intentarlo con el pecho, está pensando en dejar de hacerlo. Antonia mira a su madre como miran los bebés, de manera indefinida. Los adultos nos empeñamos en convertir su instinto en un pensamiento elaborado. Ellos no piensan, solo sienten. Hambre, sed, sueño, dolor... Rocío cree que Antonia le reprocha con la mirada que su leche no sirve y, sobre todo, la ausencia de su padre. «¿Dónde está mi padre?», interroga Antonia con la mirada, según su madre.

Tampoco tiene padre Daniel, el hijo de Ana. Sí lo tiene, claro, pero no sabe dónde está ni quién es. No sabe si está vivo o muerto. El cuerpo de Ana con diecisiete años era esplendoroso para tener un bebé. Ninguna mente está preparada para ser madre a esa edad, pero el cuerpo es otra cosa, la naturaleza es otra cosa. El cerebro produce las hormonas con precisión, las células se regeneran de manera eficiente, todo funciona bien, con naturalidad, el cuerpo da a luz a una nueva criatura y se recupera con rapidez, sin la pereza que el organismo va adquiriendo con los años. Ana dio a luz a un bebé hermoso y su leche tenía todos los nutrientes necesarios para que no necesitara nada más que el alimento materno hasta pasados varios meses.

Rocío conocía la historia de Ana, sabía de su maternidad precoz casi desde que entró en BB. Camilo y ella lo habían comentado en alguna ocasión y ella misma había conocido a Daniel alguna vez que fue a buscar a su madre al trabajo. Envidia a Ana, un hijo tan mayor y ella tan joven. Rocío envidia seguramente a todas las madres del mundo porque cree que a ellas les va mejor.

La reunión con HBO ha salido muy bien. Nacho Blázquez y Nuria Cadenas han venido con su jefe, el responsable de la plataforma en España, y han aceptado que Alberto Domínguez Yuste escriba la serie *Edén*. Lo único que han sugerido es contratar a algún otro guionista para escribir a cuatro manos. Respecto al presupuesto que les ha presentado Rocío, no han puesto demasiadas pegas, oscilará entre el millón y medio y los dos millones de euros por capítulo, y la primera temporada constaría de ocho, de cincuenta minutos cada uno. Hay acuerdo.

Cuando se convocan reuniones de directivos suele haber el mismo número de personas por ambas partes, es una especie de equilibrio de fuerzas en una norma no escrita que todo el mundo suele respetar, como mucho una persona de más o de menos, pero las fuerzas tienen que estar equilibradas. Por parte de HBO venían tres, así que Rocío, ante la ausencia de Camilo hijo, que esta mañana no ha aparecido y no ha cogido el teléfono, ha propuesto a Ana incorporarse a la reunión. Hace semanas que las dos entendieron que el rencor no solo era absurdo, sino que había desaparecido. Será la muerte de Camilo, será el reconocimiento de sentirse más parecidas de lo que se creían o será la necesidad que cada una tiene de la otra en la empresa. Ana era la mano derecha del jefe —y la izquierda, como siempre decía él— y ahora lo debería ser de Rocío; hoy lo ha demostrado en la reunión. «Ana, no sé lo que has hecho, pero menos mal que has estado», es lo primero que ella le ha dicho cuando los directivos de HBO se han marchado de la productora.

Rocío había estado a punto de reconocer que Martín Varela no había firmado los derechos de su novela con Bocabesada cuando Nacho y Nuria han contado la conversación que tuvieron con él desde Nueva York. «No es así. Ayer mismo el señor Varela nos envió los contratos —se anticipó Ana segurísima—. Y no solo de los de *Edén*, también los de la nueva novela que en este momento está escribiendo en Nueva York y que se publicará en los próximos meses». A partir de ahí, la reunión cambió. Rocío asentía mientras Ana incidía en el interés de Movistar por emitir *Edén* en su plataforma. El responsable de HBO ha aceptado las condiciones de Bocabesada y ha extendido la mano a Rocío como muestra del acuerdo. Antes de marcharse ha dejado claro que también quieren hacer un precontrato para producir posteriormente la nueva novela de Martín Varela. Si hacemos una, también queremos la opción de la otra.

Ambas se abrazan después de cerrar la puerta hasta que Rocío muestra su preocupación: «Hemos llegado a un acuerdo para producir una serie para la que todavía no tenemos los derechos». «Tranquila, los vamos a tener», Ana se muestra segura. Rocío dice que esto merece una comida de celebración y ella acepta encantada.

Sebastián, el camarero de La Torreta, las lleva a una mesa que está al lado de las ventanas que dan a la calle. Ana solo ha estado allí tomando café, pero nunca ha llegado a comer, Rocío lo ha hecho varias veces acompañando a Camilo en almuerzos de trabajo. Las dos leen la carta. De las primeras informaciones que se dan la una a la otra de sí mismas es sobre sus gustos a la hora de comer. «Cada vez me gusta menos la carne», «A mí me engorda muchísimo», «Tú te lo puedes permitir», «Tú te has recuperado bien del embarazo», «Uy, qué va, aún me queda mucho...». Van rompiendo el hielo, a las dos les incomoda un poco comer juntas, pero a las dos les apetece.

Una ensalada de ventresca con tomate y unos espárragos trigueros para compartir; Ana, un *steak tartare* de plato principal y Rocío, un lomo de corvina. Cada una pide una copa de vino blanco. «Una botella entera va a ser mucho», coinciden. Dentro de un rato tienen que volver a trabajar. Rocío le vuelve a agradecer que haya salvado la reunión de esta mañana, aunque haya sido mintiendo. Brindan. Repasan las otras series que están haciendo en BB y algunas de las que se van a hacer, de los cambios en la empresa, del hijo de Camilo y, por supuesto, de Camilo. Están terminándose la ensalada y los espárragos.

—Tengo que confesarte que me caías muy mal por estar con él. —Ana se sincera con Rocío.

—Tú también estuviste con él.

—Yo estuve antes. Cuando empezó contigo me caíste fatal. —Ana confiesa con una sonrisa.

—¡Tú a mí me caías aún peor! —bromea Rocío.

—Ahora eso ya da igual.

Las dos entienden que, efectivamente, sin Camilo, eso ya no tiene importancia. Los muertos no provocan celos.

Piden dos copas más de vino cuando les traen los platos principales. Al servírselas vuelven a brindar, en esta ocasión por él.

—Tú fuiste más importante para Camilo de lo que lo fui yo —dice Ana.

—Yo estaba casada... —Hace una pausa—. No fue una relación fácil, pero le quería mucho.

Rocío traga saliva, no quiere llorar. Las dos beben un poco más y comienzan con el *tartare* y la corvina.

—¿Qué tal Antonia? —Ana cambia de tema con una sonrisa.

—Muy bien. Está en casa con la cuidadora, no quiero llevarla a la guardería siendo tan pequeña.

—¿Le sigues dando el pecho? —pregunta Ana con naturalidad.

—Se lo voy a dejar de dar, mi leche no es buena. Voy a empezar a darle solo biberón —responde Rocío.

—Mucho más cómodo... —intenta animarla—. Lo bueno del biberón es que tu marido también puede levantarse de madrugada a dárselo.

—Mi marido se ha ido de casa.

Rocío dice la frase con mucha naturalidad. Hasta ella misma se sorprende de la normalidad con la que lo ha soltado.

—¡Qué de cosas en común! —dice Ana.

—¿A qué te refieres?

—Que Martín también se largó.

—¿Y cómo lo llevas?

—No lo sé. Me ha invitado a Nueva York a pasar unos días.

—¿Y vas a ir?

—Sí. Ya sé que soy una idiota, pero me apetece mucho verle. Además, voy a traerme los derechos de las series firmados.

—¿Por qué estás tan segura?

—Porque le conozco. Conozco su ego y conozco lo que necesita oír.

Rocío apura su copa, las dos tienen la sensación de ser amigas, da igual que ninguna de las dos lo diga.

—Yo no sé dónde está mi marido.

Ya se les ha subido un poco el vino. Se miran entre ellas, sonríen, y Rocío hace un gesto a Sebastián señalándole sus copas vacías. El camarero va a la mesa con la botella para llenarlas.

—Les habría salido a cuenta pedirse una botella —comenta el hombre sin que ninguna de las dos le preste demasiada atención.

—¿Y tu marido no echa de menos a la niña? —sigue Ana.

—Es todo mucho más complicado de lo que parece...

Rocío duda si seguir hablando y contárselo. Se frena, cree que todavía no es el momento.

—Casi siempre todo es menos complicado de lo que parece. Yo fui madre con diecisiete años y mi hijo se ha criado sin padre. De todo se sale...

—Es verdad que tenemos muchas cosas en común. Mi hija tampoco tiene padre.

—No, mujer, seguro que el padre de Antonia volverá.

—No, Ana. No puede volver.

Ha preferido llamar a su hijo, Miguel, antes que a la policía. Anoche fue un infierno, Agustina estaba completamente desconcertada después de la cena. A Jacinto le asustó su mirada perdida, esa mirada de locura, de película de terror. Destrozó la cómoda de la habitación cuando vio que él iba a meterse en la cama con ella, le amenazó con tirarle la lámpara a la cabeza si se acercaba. Se marchó a la salita, esperando a que Agustina se quedase dormida. Se sentó en el sofá y puso la tele. No sabe en qué momento se quedó dormido, pero al volver a su habitación, ella no estaba. Eran las tres de la mañana. Salió por el barrio a buscarla, se recorrió todas las calles que rodean al portal.

La gente estaba volviendo de marcha, demasiados jóvenes con copas de más. «¿Adónde vas, abuelo?», un coche con cuatro chavales casi le atropella al doblar una esquina, desesperado, buscando a su mujer. Una hora dando vueltas por todo el barrio de Salamanca y ni rastro de Agustina.

«¿Qué ha pasado?», Miguel pregunta a su padre en cuanto llega a la casa. «No sé dónde está, no sé dónde está...», Jacinto está a punto de ponerse a llorar. El chico intenta tranquilizarle: «Seguro que aparece». En ese momento repara en la brecha que tiene en la frente. «No es nada», dice. Agustina no solo amenazó con tirarle la lámpara. Lo hizo y le abrió la ceja. La parte derecha del rostro de Jacinto tiene sangre seca. «Esto no puede seguir así, mañana busco una residencia», Miguel alza la voz. La policía llega a los diez minutos de que el chico llame al 112. «No se preocupen, nos ponemos a buscar»; un policía les recomienda que se queden en la casa por si acaso regresa. El chaval hace una cafetera para su padre, él también tomará un café. Se abrazan. En ese momento, Jacinto no puede evitar el llanto. «Va a aparecer, tranquilo», el joven sigue abrazado a su padre. «Me ha llamado Eusebio», Jacinto se sienta en el butacón, desolado. «Me ha llamado Eusebio», repite. Su ojo se está inflamando cada vez más, la sangre seca es ya casi negra. «¡Eusebio!», se compadece.

Llaman al timbre, una pareja de policías trae a Agustina con una manta de papel brillante cubriendo su camisón. Su hijo la abraza, ella sonríe. Está tranquila, parece tener un momento de lucidez. Jacinto teme acercarse, pero es Agustina quien reconoce a su marido y le besa. «¿Qué te ha pasado?», le pregunta al verle la herida ensangrentada de su ojo. «Estaba caminando aturdida por la calle Alfonso XII», dice un policía. Había llegado hasta el Retiro. «Repetía el nombre de Eusebio», dice su compañero.

Miguel acuesta a Agustina, mientras Jacinto se limpia por fin la sangre seca de su cara. La mujer se queda dormida, es posible que el propio agotamiento la haya tranquilizado. El chico vuelve a la salita e intenta curar la herida de su padre con Betadine y un algodón. «Estaba aterrorizada». Jacinto, ya más tranquilo, le cuenta a su hijo lo que ha sucedido hacía un rato. «Nunca la había visto así... se le veía el pánico a en sus ojos..., me ha confundido con él», es decirlo y volver a llorar. El chico le abraza. Hasta ahora siempre le había confundido con su hijo, pero nunca con su padre. El alzhéimer es una enfermedad en la que no hay pasado ni futuro, todo es presente. Agustina ha vivido esta misma noche el infierno que sufrió de niña, el miedo a los abusos de su padre al que nunca volvió a referirse como papá, siempre le llamó por su nombre. Eusebio. Eusebio era el demonio y esta noche en su mente sin tiempo ha vuelto a visitarla.

En BB se están acostumbrando a Camilo. La prueba es que cuando alguien pronuncia su nombre se piensa en él, ya no es Camilo hijo, ni el hijo de Camilo, es Camilo. Se están acostumbrando también a sus ausencias de la productora y a su simpatía. Tiene ese encanto de los vagos que no disimulan su condición.

Hay algo de disfraz en su aspecto de chaqueta y corbata, en su sonrisa seductora, en el Porsche que cada mañana aparca en su plaza y en su manera enigmática de escuchar. Escucha sin opinar, a veces es desconcertante. Ha mantenido reuniones con cada jefe de departamento para que le pongan al día. Quiere conocer los detalles, los escucha y después no dice nada. «Está bien», es la frase con la que acaba las reuniones que en realidad son monólogos. Y una sonrisa, siempre sonríe al que tiene delante. Camilo sabe caer bien. Los días que va a la productora han pasado por su despacho todos los trabajadores de BB. Sabe que eso no lo hacía su padre, así que invita a cada uno de ellos a que le cuente en qué consiste su labor, si tiene alguna dificultad, si necesita algo... Otra cosa que no hacía su padre, salvo cuando era necesario, era asistir a los rodajes, tampoco hablaba demasiado con los actores, prefería mantener distancia. A él le encanta pasarse por el rodaje de las series, mirar y que le vean. Saludar a los actores y, muy especialmente, a las actrices. Escucha, calla, sonríe y desconcierta. Algo que le da un cierto aire de madurez, eso también forma parte del disfraz. En cada movimiento que hace piensa en su padre, en aquello que él hubiera hecho, en cómo le gustaría que se comportara su hijo.

Camilo piensa en qué momento rompieron el vínculo que les unía, cuándo dejaron de jugar, de reír juntos y de abrazarse. Qué sucedió para que de los besos se pasara al silencio permanente, a la distancia. Siente que él siempre quiso un hijo distinto, él nunca estaba a la altura de lo esperado. La felicidad duró lo que duró la infancia. Recuerda las cabalgatas de los Reyes Magos sentado en los hombros de su padre, siendo lanzado al aire «a volar» para caer en el agua del mar, las guerras de cosquillas en la cama, juntos en la montaña rusa del parque de atracciones. «Mamá es una *caguica* y no se atreve», decía mientras le sujetaba rodeando con el brazo su cuerpo de niño y acurrucándole. Si se hubiera estrellado el coche de la montaña rusa, no le habría pasado nada protegido por él, aunque hubiera estallado la montaña rusa entera y mil montañas rusas, estando su padre no le podría pasar nada malo.

Camilo se sirve un *gin-tonic* en casa, no quiere que la tristeza enturbie su buen momento. Saca de una cajita de marfil que compró en el rastro una papelina y vacía un montoncito de coca en el cristal de la mesa de centro que va dividiendo en cuatro rayas con una tarjeta de crédito caducada. Son rayas perfectas, finas, separadas con mucha precisión una de la siguiente por unos cinco centímetros. Sube la música, suena Elton John, era uno de los cantantes favoritos de su padre. Decía que «sir Elton» le ponía de buen humor. Baila por el salón con el vaso en una mano, con la otra llama por el móvil: «¿Dónde estás, tía?, llevo un rato esperando», «¡Qué prisas!, estoy saliendo del ascensor. Ábreme, anda». La chica cuelga el teléfono, y él oye sus pasos de zapatos de tacón acercándose al otro lado de la puerta. Tarda unos segundos en sonar el timbre, Camilo abre la puerta. Ella mira las rayas de coca perfectamente alineadas sobre el cristal. «Buena fiesta te estás corriendo», dice. «Te estaba esperando para empezar», contesta Camilo mientras va a la cocina a llenar un vaso con hielo para servir a la chica un ron con Coca-Cola, su bebida preferida. «Cada vez te pareces más a tu padre», le dice ella con cierta admiración. Camilo se acerca para besarla, ella responde al beso poniéndole la mano en el paquete. «Aunque todavía tienes mucho que aprender». Los dos sonríen. Hay confianza, él se toma bien la broma, si es que realmente es una broma.

—Tengo que contarte un cotilleo —comenta ella.

—¿De algún cliente? —se interesa Camilo—. ¿A quién te has tirado esta vez?

—No te lo vas a creer. —Ella se hace la interesante antes de contárselo—: ¡Al ministro de Cultura!

—¡Joder, Jenni, eres la hostia! Anda, dale...

Camilo le deja un billete de diez euros convertido en un perfecto cilindro estrechito por el que ambos esnifan la coca dejando impoluto el cristal de la mesa de centro. Después de aspirar, Camilo y Jennifer se besan en el sofá mientras se van desnudando. «¡Qué ganas tenía de follarte!», es la última cosa que dice él antes de que su lengua se pierda entre las piernas de ella.

Martín cree que está escribiendo su mejor novela. Lo piensa siempre que escribe, es imprescindible estar seguro de eso para que merezca la pena seguir y no cerrar el ordenador para siempre. Esa sensación de querer abandonar la padece una o dos veces durante el proceso de escritura de cada novela. La parálisis de un escritor se produce por no creerse lo suficientemente bueno o por creerse demasiado bueno. Y, en el fondo, esas dos cosas son la misma. El riesgo está en pensar que lo que se escribe no merece la pena, y está también en querer trascender haciendo un libro que quede en la historia de la literatura. Ambas cosas impiden que la narrativa fluya. Tener ego es imprescindible para crear, pero ser demasiado pretencioso impide la creación.

Martín sabe que es un buen escritor, pero asumió hace tiempo que ya todo está escrito, todo está contado. No hay ningún pensamiento nuevo, no hay ningún sentimiento por descubrir, no hay nada que a lo largo de la historia de la literatura no se haya dicho antes y, seguramente, mejor. Es, al mismo tiempo, desolador y liberador. Querer trascender provoca novelas inconsistentes y pretenciosas, textos que son aire espeso. Aire, al fin y al cabo. Asumiendo que no es necesario pasar a la historia en cada párrafo, el pensamiento brota y los dedos se sueltan, el resto es emoción, honestidad, oficio, pasión y valentía para contar lo que se necesita contar. Martín ha decidido jugársela en esta novela, lo hace mientras pretende sacar todo el partido que pueda a la anterior.

Edén estuvo en la lista de los libros más vendidos durante un año, ese fue el motivo por el que varias productoras y algunas plataformas se interesaron en convertir esa novela en una serie de ficción. El planteamiento tenía que ver, en esencia, con el número de lectores, suficientes como para prever que muchos de los que leyeron la obra pudieran ver la serie. Además, Edén es una urbanización de lujo con muchas casas, así que como concepto podría dar para un número de temporadas ilimitadas. Pueden mantenerse los mismos personajes que aparecen en la novela o introducir otros con nuevas tramas. Solo hace falta que vayan a vivir allí.

La industria del audiovisual a través de plataformas ha crecido de una manera meteórica desde que se inició, no hace tanto tiempo. La pandemia hizo que en miles de hogares fuera casi imprescindible contratar alguna de estas plataformas, en muchos casos dos o tres, y los que se lo podían permitir querían tenerlas todas. Los espectadores demandaban contenidos nuevos, las series se convirtieron en un tema permanente de conversación, era imposible ponerse al día con tanta oferta: «Esa la tienes que ver, sí o sí».

Todo lo que relucía parecía oro... Pero tanto éxito se convirtió en un problema. Las plataformas internacionales tienen sucursales en un montón de países, multiplicando cargos directivos y creativos que forman una maraña difícil de desenredar. Los procesos creativos se eternizan, las decisiones tardan en tomarse y cuando se toman en un país necesitan supervisión en Londres y más tarde en Estados Unidos. Es muy frecuente que la decisión de dar luz verde, o no, a una serie que transcurre en España sea de un señor en Los Ángeles, que a lo mejor la noche anterior no ha dormido bien.

El sector se ha convertido en un lugar en el que hay un montón de directivos que están ocupadísimos, pero ninguno hace nada.

Definitivamente, tampoco era oro todo lo que brillaba, especialmente en lo económico. De las plataformas que existen solo tiene beneficios una, el resto pierden en torno a los cincuenta mil millones de dólares. Un viejo directivo, amigo de Garo y de Martín, lo definió como «un negocio ruinoso, pero divertido».

—Hola, Garo.

—Coño, Martín, qué alegría me da escucharte.

—Estoy en Nueva York...

—Sí, ya me habían dicho. ¿Qué haces allí?

—Escribir.

—¡Qué coñazo! —se ríe—. ¿Y la tele?

—La he dejado.

—Pues tenías gracia, yo me reía.

—Ya, pero estaba cansado.

—Me jode, porque, si dejas la tele, no nos van a dar la mejor mesa cuando vaya a cenar contigo. A los escritores no los conoce ni Dios.

—Garo, van a hacer una serie de *Edén*.

—¡Qué buena noticia! Me alegro mucho por ti, Martín.

—Me gustaría que tú escribieras el guion.

—Ni de coña. Yo estoy retirado.

Martín conoció a Alberto Domínguez Yuste —Garo— en un bar de Sevilla cerca de la plaza de toros de La Maestranza. Fue una de las pocas veces que se puso nervioso antes de conocer a alguien. Para Garo, aquel encuentro no tenía ninguna importancia, así que ni siquiera lo recuerda. Un amigo común les presentó, se tomaron una cerveza y Garo se fue a los toros, posiblemente ya no se acordaría del nombre de Martín una vez que cruzó la calle. Él se quedó en el bar repasando mentalmente algunas escenas, las violentas y las tiernas, de sus películas. En cada plano y en cada línea de guion, más fallidas o más brillantes, había alma. Una esencia que Martín estaba seguro de que ambos compartían. Dos biografías tan opuestas, dos generaciones distintas, dos vidas tan separadas y dos formas de entender el mundo casi idénticas. Otros encuentros con amigos comunes, conversaciones y miradas cómplices y la risa compartida. Dos personas se hacen amigas cuando se ríen de las mismas cosas y cuando identifican a los tontos a la vez.

Un día, en una comida con varias personas, un tipo hablaba sin parar sobre cosas insultantemente obvias mientras el resto de los comensales le escuchaba como si fuese Schopenhauer. Martín y Garo se miraron y sonrieron levemente, eran los únicos que sabían que ese tío era completamente imbécil. Acabó el almuerzo y todos se despidieron. «Adiós, Alberto», Martín le tendió la mano. «Ningún amigo me llama Alberto; por favor, llámame Garo». Se abrazaron, y desde ese día concreto quedó inaugurada una amistad consistente en reírse de las mismas cosas y, sobre todo, en identificar con precisión a un tonto.

—Si no la escribes tú, no quiero que se haga.

—¿Con quién la vas a hacer?

—Con HBO.

—¿Y la productora?

—Bocabesada. Ya les he advertido que la tienes que escribir tú.

—Eres un liante.

—El caso es que han aceptado.

—Ahora te dirán que sí a todo y te asegurarán que van a respetar el espíritu de tu novela.

—Supongo.

—No les creas. Luego nunca es así.

En el informativo de mediodía han hablado de una nueva muerte por violencia machista. «Presunta», añadían.

El día que ella le pidió que lo hiciera, los dos se pusieron a llorar, fue hace unos cuantos meses. «Si quieres, te lo dejo por escrito», le propuso. «Anda, cállate y no digas tonterías», él la regañó entre lágrimas. Un rato después, cenaron frente a la tele, ese día salía Martín Varela en el programa que Jacinto y Agustina veían todas las noches. A él le hacía mucha gracia y a ella le parecía un poco irreverente: «Yo creo que a veces se pasa un poco, no sé». Aquella noche estaba lúcida, no tenía la más mínima duda. Jacinto se quedó dormido un poco antes de que acabase el programa y Agustina fue a buscar la libreta que guardaba en el cajón del mueble del cuarto de estar y en la que apuntaba, cuando estaba lúcida, desde la lista de la compra hasta recetas que no quería olvidar. En la página siguiente a una nota en la que ponía que faltaba comprar sal y aceite, se puso a escribir con su esforzada letra, esa que tienen las personas que jamás estudiaron. No quería sufrir más, no quería que él sufriera. Escribió que lo que iba a pasar era porque ella lo había pedido. Aquella libreta apareció una semana después de que encontraran los cuerpos.

Eso ya no salió en las noticias, ya nadie se acordaba a la mañana siguiente. Los informativos hablaban de sucesos nuevos, de otras muertes, de la crisis, de política, de unas elecciones que siempre están a la vuelta de la esquina, de que el Real Madrid había ganado fuera de casa y de alguna noticia de animales que siempre va después de los deportes, ese momento en el que el presentador, o la presentadora, se muestra más cercano. Un oso desorientado por las calles de Wisconsin, un perrito que juega al fútbol con un ovillo de lana o un gatito al que los bomberos rescataron de un edificio en llamas en algún lugar recóndito de China, siempre hay una noticia así al final de los informativos de todas las cadenas.

La última mañana, como cualquier mañana, Jacinto entregó a Agustina la rosa que le había regalado César. La olió y sonrió. Él le dio un beso en la mejilla y ella lo recibió con la mirada perdida. La noche anterior, Jacinto tuvo que dormir en la salita después de que Agustina volviera a entrar en pánico al confundirle con Eusebio. Desde hacía tiempo prefería no llevarle la contraria, simplemente desaparecía. Era horrible verla así, temblando de miedo o desorientada y ausente, ese sufrimiento al sentir que se está sin saber dónde se está. Él supo que había llegado el momento.

Hacía unas semanas que estuvo en la Puerta del Sol, buscó el número 6 y subió hasta el tercer piso. Allí le explicaron cómo hacerlo, también todos los aspectos legales, aunque esos le daban igual. Jacinto escuchó con nervios y miedo, dudó de si estaba haciendo lo correcto; en algún momento se odió a sí mismo por estar allí, en otros sintió emoción, cargo de conciencia y amor, de una manera difícil de explicar sentía un inmenso amor por Agustina.

La última mañana, como cualquier mañana, Jacinto hizo su turno hasta la hora de comer. Había limpiado los cubos, repartido el correo en los buzones, ayudado con las bolsas de la compra a alguna vecina, atendido a los repartidores... Sobre la una se acercó a La Torreta y encargó gambas cocidas, dos raciones de merluza al horno con patatas fritas y una botella de vino blanco para llevar a su casa. «¡¿Qué se celebra, don Jacinto?!», preguntó exclamando Sebastián, acostumbrado a ponerle cada mañana un simple café. «A las dos y media paso a recogerlo», le dijo Jacinto sin más explicaciones y volvió al portal. Un poco más tarde, Ana y Rocío salieron para comer, últimamente se las ve casi siempre juntas. Le saludaron con normalidad, ninguna de las dos notó nada extraño en el portero. Las siguió con su mirada, consciente de que las estaba viendo por última vez.

Entró un momento en casa para poner la mesa antes de ir a recoger la comida a La Torreta. Agustina estaba viendo cocinar a Arguiñano en la tele: «Qué majo es este hombre». El cocinero contaba un chiste mientras sacaba no sé qué del horno. Jacinto colocó dos platos llanos, uno a cada lado de la mesa, dos servilletas —esta vez puso las de tela—, y dos vasos para el vino. Dispuso también dos platitos pequeños para el pan y los cubiertos de la cubertería buena, esa que nunca utilizaban. El cuchillo de pescado a la derecha y el tenedor a la izquierda. «Voy a por la comida, ahora vuelvo», dijo él. «¿Qué comida?», preguntó Agustina desorientada. Es posible que nada más terminar la pregunta ya no recordara que necesitaba una respuesta. Se quedó mirando a Arguiñano, que seguía a lo suyo en la pantalla.

César y Marisa se sorprendieron al ver a Jacinto entrar en el restaurante a esas horas. Ellos estaban comiendo allí, ese día habían preferido no ir a su casa mientras la floristería estaba cerrada, siempre de dos a cinco de la tarde. El plan era hacerlo en La Torreta y después ir a comprar unas camisas para César en El Corte Inglés de Goya —Marisa había visto una oferta de tres al precio de dos—, y a las cinco volver a abrir la tienda. La rutina, la normalidad, la vida. César se levantó al ver a su amigo: «¿Qué haces aquí?». «He pedido la comida, hoy no nos apetecía cocinar», le explicó un poco huidizo, como un niño al que pillan sin ir al cole. «¡Aquí tiene sus merlucitas, don Jacinto... Y las gambas, *frescasfrescas...* Y el vinito, ¡superior!», Sebastián le dio a Jacinto una bolsa de papel con la comida. «¡Que aproveche!», le dijo César sin entender muy bien qué estaba pasando. Jacinto dejó la bolsa en el mostrador y abrazó a César. «¿Qué pasa? ¿Estás bien? ¿Necesitas algo?», Jacinto contestó que nada y se marchó.

Agustina se comió las gambas que él iba pelando, una para cada uno, hasta acabarlas. Después, la merluza. «Está tiernísima», dijo ella. Jacinto iba llenando constantemente los vasos de vino hasta acabar la botella. Agustina ni siquiera se sorprendió de que hubiera traído la comida de un restaurante, pensaría que era lo normal, quién sabe lo que pensaría. «He comprado unas natillas de postre», le dijo su marido. Las sirvió en dos cuencos y se las comieron sentados en el sofá. «Están un poco amargas», comentó Agustina apurando las suyas mientras Jacinto empezó a llorar a su lado. Ella sonrió, serena y cómplice, puede que entendiera lo que estaba pasando.

En el tercer piso del número 6 de la Puerta del Sol está la Asociación Derecho a Morir Dignamente. Allí le explicaron a Jacinto la composición del cóctel de «autoliberación», así lo llaman. Se trata de varios medicamentos contra la malaria que, mezclados en grandes dosis, provocan un paro cardiaco. Esos fármacos pueden conseguirse sin receta y se mezclan con un hipnótico para que provoque sueño. Siguió las instrucciones removiendo el cóctel con las natillas.

Los dos se cogieron de la mano y se fueron a la cama. El sueño se empezaba a apoderar de ellos definitivamente. Se tumbaron abrazados y Jacinto comenzó a contar, una vez más, alguna de aquellas historias exageradas de cuando quiso ser torero. Agustina sonrió feliz mientras él narraba versiones inventadas. Poco a poco todo se fue oscureciendo, se miraron rendidos y los dos se dijeron te quiero casi a la vez. Al día siguiente, cuando el forense ordenó levantar los cadáveres, Jacinto y Agustina seguían abrazados.

La tercera temporada de *Iguales* se ha estrenado con polémica. Y no tiene nada que ver con el puñetazo de Adela a una de las directoras, eso no trascendió públicamente, aunque lo supo todo el mundo dentro del mundillo. El problema ha sido mucho más grave. Los dos actores guapísimos que sustituyeron a los otros dos actores guapísimos que decidieron dejar la serie no han sido bien recibidos. Los —y sobre todo las— fans echan de menos a los anteriores, cuyos nombres fueron *trending topic* en Twitter el día del estreno exigiendo su vuelta a la serie. Era algo con lo que ya contaban en BB y en Prime durante la emisión de los primeros capítulos; suele pasar hasta que los espectadores se acostumbran a las nuevas caras, los nuevos personajes y las nuevas tramas. Lo que no estaba previsto es lo que ha sucedido esta mañana y que nadie sabe cómo afrontar en Bocabesada.

Esther Cruz, una de las actrices de reparto, ha denunciado a uno de esos nuevos actores guapísimos, Edu Quintana, por acoso, amenazas e intento de violación. De momento, ha publicado en sus redes los pantallazos de varios mensajes del chico intimidándola si se atrevía a contarlo. La actriz ha anunciado que esta misma noche acudirá a un programa de televisión a explicar todos los detalles. En las redes sociales llevan horas exigiendo la cancelación inmediata de la serie.

Ana marca el teléfono del despacho de Camilo para pasarle una llamada urgente. Es uno de los responsables de contenidos de Prime Video, la plataforma en la que se emite *Iguales*. «¿Sabéis qué es lo que va a contar esta chica?», pregunta a Camilo con tono preocupado. «Ni idea. Supongo que se lo estará inventando todo para tener notoriedad», intenta transmitir tranquilidad. «En unos días todo esto pasará. No creo que haya que preocuparse por nada», añade. El responsable de contenidos de la plataforma no contesta, solo se le oye respirar. «¿Sí? ¿Estás ahí...?», a Camilo le pone nervioso el silencio. «Esto tiene muy mala pinta. Solo espero que lo tengáis todo bien atado», el tipo de Prime cuelga sin despedirse.

Rocío ha dormido a Antonia y se ha servido una copa de vino antes de sentarse a ver el programa. Está nerviosa por si lo que cuenta la actriz puede aumentar la presión para que se deje de emitir la serie. Ana también verá el programa sola, su hijo Daniel ha salido con una amiga, esa que Ana ya sabe que es su novia, aunque Daniel se resista a llamarla de esa manera. Su nombre es Sara y sus padres no estarán en su casa este fin de semana, allí tienen pensado pedirse una *pizza* para cenar.

Camilo ha quedado con unos amigos en un restaurante de moda, aunque le ha pedido a Rocío que le mande noticias por WhatsApp de lo que vaya diciendo la actriz. «No hay por qué preocuparse, nosotros no tenemos nada que ver», los dos se convencen el uno al otro de que esto no tiene por qué afectar a la productora. Ana también ha enviado un mensaje a Rocío «A ver qué cuenta...». Esta le ha contestado con el emoticono de una chica con los hombros encogidos, que significa desconocimiento, al parecer. Sara y Daniel no tienen ningún interés en poner la tele. Ellos han pedido dos *pizzas* medianas, una de *pepperoni* y otra de carne y champiñón, esa es la preferida de Sara. Los dos se besan en el sofá mientras llega el pedido.

El presentador, Jaime Jesús Velázquez, anuncia que en unos minutos estará sentada en el sofá del plató la actriz Esther Cruz, «víctima de una agresión sexual durante el rodaje de una serie que se está emitiendo en la actualidad». Martín Varela está volviendo de comer. Ha ido a Basta Pasta, un restaurante italiano en la calle 37, entre la Quinta y la Sexta. Regresa andando a casa, atravesando Central Park, hasta la 77, porque quiere empezar a hacer un poco de ejercicio. Tanta pasta, tanta pizza y tantas hamburguesas están haciendo que su tripa avance con más velocidad que su libro. «¿Cómo va todo?», Martín escribe a Ana. Desde la conversación que tuvieron aquella madrugada lo hace cada dos o tres días. Ella se muestra un poco distante, pero cada vez se van contando más cosas por mensajes. Él le habla de sus avances en la novela y de sus dudas, le falta algo de trama, dice. Ana le informa de las novedades de la productora, cosas poco importantes de Daniel, pero no se abre demasiado en lo personal por miedo a volverse a enganchar de él, si es que en algún momento lo ha dejado de estar. No hay ninguna conversación en la que Martín no le diga las muchas ganas que tiene de que Ana vaya a verle a Nueva York. Ella le ha prometido que irá en cuanto pueda. «Estoy viendo la tele...», Ana le explica lo de la denuncia de la actriz de la serie. «Ve contándome lo que dice», Martín sigue caminando con paso ligero por el parque, cruzándose con ejecutivos volviendo del trabajo, niños con sus cuidadoras, gente haciendo *footing*, ardillas comiendo lo que sea que comen las ardillas en Central Park y paseadores de perros.

Camilo y sus tres amigos se han pedido un par de ostras para cada uno como aperitivo. En el restaurante hay mucho ambiente, todas las mesas ocupadas y la barra repleta de gente bebiendo o esperando su turno. Camilo llama por el móvil a su *dealer,* como se dice ahora, su camello, como se decía antes, para que se acerque un momento al restaurante. El local está lleno de chicas guapas y otras que no lo son tanto, pero lo aparentan por su cuidada producción de maquillaje, peluquería y estilismo. «Quiero cinco gramos», hay que ser previsor por si se alarga la noche, son muchos a repartir. Brindan con champán después de sorber cada uno de ellos la primera ostra. Camilo invita a todo, claro.

«¡Ha llegado el momento!», el presentador Jaime Jesús Velázquez pone tono solemne. «Esther Cruz, buenas noches. ¿Estás dispuesta a contarlo todo?». «Sí, esta noche lo voy a contar todo». «Pues nos vamos a publicidad —el presentador mira a cámara—, y a la vuelta conoceremos el drama de Esther Cruz».

Sara tiene la camisa desabrochada cuando el repartidor llama a la puerta. Los dos se sobresaltan, casi ni se acordaban de las *pizzas*. «Abre tú», dice ella. Él no sabe cómo cubrir la erección que abulta su pantalón para que el repartidor no se dé cuenta, le coge las *pizzas* un poco encorvado y cierra la puerta. Los dos tienen hambre, pero ninguno de los dos quiere comer, de pie en la cocina continúan besándose.

«Fue durante el rodaje de unas escenas del segundo episodio, habíamos tenido un descanso y Edu vino a mi camerino. La verdad es que a mí él me gustaba, pero no me apetecía ponerme a hacerlo allí, la gente nos podía oír...». Esther Cruz está bastante tranquila mientras habla. Jaime Jesús Velázquez apenas tiene que intervenir para preguntar nada a la actriz, que se explica muy bien, todo lo que dice suena creíble. «Le dije que no, pero él no me soltaba, me tenía cogida muy fuerte, yo apenas me podía mover. Me empujó hacia el sofá del camerino poniéndose encima de mí, con una mano me tapaba la boca para que no pudiera gritar y con la otra me levantó la falda para quitarme la ropa interior y se iba desabrochando su pantalón...».

Rocío y Ana se envían mensajes sin quitar el ojo de la tele.

¡Menudo cabrón!

Y parecía un buen chico.

Nadie lo hubiera pensado.

Tiene toda la pinta de que ella está diciendo la verdad.

Estoy segura.

Camilo ha invitado a su mesa a tres chicas que estaban tomando unos vinos en la barra del restaurante y ellas han aceptado. Sus amigos y él se juntan para dejarles sitio. Se fija en la más alta, que se ha sentado encantada a su lado. Las otras dos chicas y sus amigos se intentan posicionar con cierta incertidumbre sobre cómo y con quién acabarán la noche.

Rocío está mandando wasaps a Camilo para contarle el relato de Esther Cruz, pero él no los está leyendo. Su nueva amiga y él están conociéndose. «Tengo una productora de cine y televisión...», dice él. «¡Qué interesante! Yo soy de Murcia...», contesta ella. «¡Ah, de Murcia...! Aunque ahora lo que más hacemos son series para plataformas», añade él. «¡Series! ¡Qué guay! A mí me encanta la de *Café con aroma de mujer*, la he visto un montón de veces». Camilo llama al camarero para pedir otra botella de champán. Se le ha olvidado por completo la entrevista de Esther Cruz.

«Al final, pude zafarme y corrí hasta la puerta del camerino gritando. Él se asustó, yo pude abrir y salir huyendo de allí...». Jaime Jesús dice que se tiene que ir a publicidad. «¿Por qué no denunciaste en ese momento y has esperado hasta ahora?», el presentador le pide que no conteste hasta después de los anuncios.

Daniel y Sara están desnudos en la cama. Suena C. Tangana en el altavoz al que han conectado el móvil. Se besan y se abrazan, hay una mezcla de excitación y timidez, a los dos les apetece hacer cosas que no se atreven. Quizá, si uno da el primer paso, el otro no se niegue. Sara tiene curiosidad por chupar el pene de él, pero no está segura de saber hacerlo y, sobre todo, le da miedo lo que él podría pensar de ella. «¿A qué sabrá una polla?», se pregunta a sí misma avergonzándose de inmediato de ese pensamiento. Daniel toca el pubis de Sara, lo acaricia suavemente hasta meter la mano entre sus piernas. Ella las abre y cierra los ojos, hoy está dispuesta a dejarse comer ahí. «Ojalá lo haga», lo desea, aunque tampoco se va a atrever a pedírselo.

—Dos auxiliares de producción me metieron en un cuarto para intentar tranquilizarme. Yo estaba rabiosa, casi no era capaz de hablar. La verdad es que esos chicos se portaron muy bien conmigo... —Esther continúa su relato.

—¿Y Edu Quintana dónde estaba en ese momento? —se interesa el presentador.

—Yo no lo volví a ver, supongo que se marcharía a casa. No supe nada más de él hasta que empezó con los mensajes que he publicado hoy en mi Instagram y mi Twitter.

—¿Por qué no denunciaste en ese momento? —Jaime Jesús le recuerda la pregunta.

—Me amenazaron con hundir mi carrera si lo contaba, me dijeron que si yo denunciaba, tendrían que parar el rodaje y no estaban dispuestos a eso. Si me mantenía callada, me prometieron trabajo en otras series.

Camilo esnifa una raya de coca en su salón e invita a su amiga de Murcia a hacer lo propio. La verdad es que ha olvidado el nombre de la chica y a estas alturas de la noche le da vergüenza volver a preguntárselo. Ella aspira la cocaína por la nariz, él recoge los restos de la mesa con la yema del dedo y lo restriega por encima de sus dientes antes de besar a la murciana, que con su lengua busca cocaína en las encías de Camilo. Los amigos de él y las amigas de ella también están en casa, metiéndose, bebiendo, escuchando música, bailando a ratos, las parejas siguen sin estar definidas, seguramente a casi todos les dé igual.

Martín está echado en la cama leyendo los mensajes de Ana, que le va transcribiendo lo más interesante de la entrevista. Rocío se ha servido otra copa de vino y no para de entrar en Twitter donde los *hashtag* #boicotIguales #esthercruz y #eduquintana son las primeras tendencias de la red social. Escribe mensajes a Camilo, que este, naturalmente, no lee.

Daniel se ha atrevido a hacerlo y a Sara le está encantando, una vez superada la vergüenza de tener la lengua de él acariciándola entre sus piernas. Hay mucha ternura en las indicaciones que le da. «Más arriba, sí, ahí, más suave, sigue, por favor, no pares...». La emoción de cuando sucede todo por primera vez.

Jaime Jesús Velázquez quiere concretar un poco más: «¿Quién fue la persona que te amenazó para que no denunciaras?».

Es la primera vez que Martín siente nostalgia desde que se marchó a Nueva York. No identifica muy bien qué es lo que más se la produce, puede que el acento español; que algo sea importante en España y no tenga ninguna trascendencia allí; la luz de Madrid, no hay una luz así cuando atardece en ningún lugar del mundo. Y a Ana, lo que más echa de menos es a ella. Se lo escribe, pero antes de enviárselo lo borra, vuelve a escribirlo y vuelve a borrarlo. Ana y Rocío siguen mensajeándose. Las dos coinciden en que después de esta entrevista es posible que *Iguales* se cancele: «Con la presión de las redes puede que se vayan los anunciantes». Las dos confían en que todo es demasiado efímero y que esta tormenta pasará.

Posiblemente Sara haya tenido su primer orgasmo con Daniel, no está muy segura, pero cree que sí. Las otras veces no había sentido lo mismo con él, pero en esta ocasión se ha parecido más a lo que siente cuando está sola en su habitación. Él ha terminado dentro de ella y ha salido rápido para comprobar que el condón estaba intacto. Eso les preocupa muchísimo, claro. Ambos tienen en mente lo que le pasó a la madre de Daniel. Los dos se besan tiernamente en la cama. Ya se acabaron las canciones de C. Tangana que tenían en la biblioteca y ahora suena música aleatoria. Cuando el móvil reproduce una canción que se saben, los dos la cantan a la vez. Están tan felices como no recuerdan haberlo estado.

Lo que Camilo sigue sin recordar es el nombre de la murciana. Los dos están en la habitación, siguen besándose, ella quiere ir a la cama. Él nota que no puede. Quizá sea la coca o que ha bebido demasiado, el caso es que no puede. «¿No se te pone dura?», dice riendo la chica, que intenta disimular su frustración humillando a Camilo. Los dos salen del cuarto y se unen al resto de los amigos que siguen deambulando por el salón.

«Te echo tanto de menos», escribe por fin Martín desde su habitación del Upper West Side. Ana lo lee sonriendo. «Yo también quiero verte», le reconoce. Al mismo tiempo, ella recibe un mensaje de Daniel. «Mamá, voy a quedarme a dormir en casa de un amigo». «Claro, cariño. Dale un beso a tu amigo», Ana termina el mensaje con el emoticono que guiña un ojo.

«La persona que me amenazó para que no denunciara era Camilo Orellana, el dueño de la productora Bocabesada que murió hace unos meses. Fue él».

La música suena alta en su salón, donde todos bailan, y Camilo se mira solo en el espejo del baño con las pupilas dilatadas. De repente, un hilillo de sangre cae desde el interior de la nariz hasta los labios.

«¡Gracias, Esther, por tu valentía!», Jaime Jesús Velázquez da por concluida la entrevista.

Garo ha disfrutado mucho escribiendo el primer capítulo de la serie *Edén*. Nuria Cadenas y Nacho Blázquez le aconsejaron que contase para ello con Paula Camino, una guionista joven, que también es articulista en periódicos y revistas y, además, lesbiana reconocida. La recomendación de la plataforma tenía que ver con que Garo, con más de setenta años, podría estar «alejado de referencias actuales». Esa frase era el argumento de HBO para decidirse por una guionista, mujer, lesbiana y joven. Una frase que no significa, como tantas otras que dijeron el día que firmó el contrato, absolutamente nada. «... Y, además, te puede aportar una mirada femenina, que siempre viene bien», remató Nacho. Garo pensó en Martín y lamentó que estuviera en Nueva York; de haber estado en ese despacho, se habrían mirado, conscientes de que habían vuelto a identificar a un tonto.

Hubo suerte. La plataforma tuvo un prejuicio con Garo y Garo lo tuvo con Paula. Los dos se equivocaron. Él tiene todas las referencias que hay que tener y ella, cuyas características más destacables para la plataforma eran las de ser mujer, lesbiana y joven, resultó ser además muy buena guionista. «Es listísima y sabe», fue lo que pensó el día que se tomó el primer café con ella.

Una semana después, estaba escrito el guion del primer capítulo.

Martín lo leyó entusiasmado. Era muy distinto a la novela, pero Garo y Paula habían mantenido el fondo de los personajes, con situaciones distintas, más cinematográficas, se transmitía fielmente la esencia de *Edén.* El autor, desde Nueva York, y los guionistas con un teléfono manos libres desde Madrid, ajustaron las últimas notas, matizaron alguna escena y dieron por bueno el guion pensando ya en el segundo capítulo y en el mapa de tramas de toda la serie. «Esto marcha», se felicitaron.

Sin embargo, los directivos no pensaron lo mismo. «No hay suficiente lujo», dijo uno. «No tiene el glamur necesario», añadió la otra. «Eso, eso. Le falta glamur». «Si es una novela situada en una urbanización de lujo, tiene que verse el lujo y el glamur», se daban la razón el uno al otro. «Hay que darle una vuelta para que sea más bonito», sentenciaron ambos.

Garo y Paula fueron capaces de corregir el guion haciéndolo «más bonito», incidiendo en «el lujo de una urbanización de lujo» y el «glamur de una urbanización con glamur», pero sin cambiar las situaciones y la naturaleza de los personajes. Martín revisó y dio por bueno ese nuevo guion «más bonito», que volvió a la plataforma. En esta ocasión, les pareció que el problema de la belleza estaba resuelto, pero el responsable de HBO en España pensó que habría que desarrollar más la parte de *thriller.* «Ya sabemos que no es un *thriller*, pero sin ser un *thriller* nos gustaría que hubiera más parte de *thriller*, no sé si me explico». Cuando Garo le contó a Martín la opinión de la plataforma a esa segunda versión, los dos se pensaron si abandonar. Teniendo en cuenta que estas eran las primeras valoraciones de los directivos en España, pero que luego vendrían las correcciones que se dictaran desde Londres y más tarde desde Los Ángeles, el proceso podría durar demasiado tiempo hasta que la serie pudiera verse.

Después de colgar con Garo, Martín se puso a escribir como todos los días, como a casi todas horas. En ese momento le daba vueltas a alguna trama en la que situar a su personaje autobiográfico. Delante del ordenador, mirando por la ventana de su habitación con vistas a Central Park West, tuvo una idea. Uno de los argumentos podría ser lo que estaba viviendo en ese momento: la adaptación de una de sus novelas a una serie de televisión. No había mucho que inventarse, solo describir lo que estaba sucediendo. Según esos plazos, era seguro que él terminaría su nueva novela antes de que pudiera verse la serie sobre la anterior, pero ya pensaría más adelante en cómo terminar esa historia. Al fin y al cabo, estaba escribiendo sobre él mismo y no había nada que le gustase más que hacerlo sin saber lo que iba a pasar.

La presión en redes sociales ha hecho que Prime Video cancele momentáneamente la serie *Iguales* después de la denuncia pública de Esther Cruz contra el actor Edu Quintana. Rocío y Camilo han llamado al despacho de este a los dos abogados que trabajan en Bocabesada; son los responsables del departamento legal de la productora. Rocío ha querido que Ana se sume también a la reunión. Se trata de recuperar el dinero que costó la serie en el caso de que la plataforma no quiera seguir emitiéndola. Lo habitual es que los pagos a las productoras se hagan después de la emisión de los capítulos, y así suele figurar en los contratos. Si no se emiten, podrían no abonar, argumentando que, en su denuncia, la actriz acusa a Camilo Orellana, dueño de Bocabesada, de intentar ocultar la agresión. Eso puede ser motivo suficiente para que Prime no pague a BB. «Hay ocho millones de euros en juego; si no los cobramos, vamos a tener un problema muy serio», les dice Rocío a los abogados. «No va a ser fácil si no se emiten los capítulos», replica uno de ellos. «Lo mejor es que lleguemos a algún acuerdo con ellos, lo último que nos conviene es acabar en los tribunales», recomienda el otro. «Pues en marcha», dice Camilo, que está deseando finalizar la reunión. Ana también se dirige a los abogados para otro tema: «¿Tenéis preparados los contratos de cesión de derechos de las novelas de Martín Varela que os pedí?». Los letrados contestan que sí y se marchan con Ana a su departamento para revisarlos.

Camilo y Rocío se quedan solos en el despacho. A los dos les apetece una copa, pero lo único que hay es café, así que se sirven uno cada uno. Se sientan en el sofá sin hablar, hay un abismo entre los dos, por edad, por inquietudes; en realidad, apenas se conocen. Se caen bien, en cierto modo se quieren. Camilo la necesita en la empresa, ella actúa un poco como una madre.

—¿Cómo estás? —le pregunta Rocío, recostándose en el respaldo.

—Hecho una mierda, la verdad.

—Yo tampoco estoy en mi mejor momento.

Los dos se quedan mirando hacia el techo.

—Creo que al final llegaremos a ese acuerdo con Prime Video —intenta animar Rocío.

—Me la suda el acuerdo. No es mi principal problema ahora.

—El mío tampoco, la verdad.

—¿Qué te pasa a ti?

—Que estoy sola —responde ella con la mirada fija en un punto en el que la pintura del techo parece tener una mínima grieta.

Al mismo tiempo que Rocío se lo cuenta a Camilo se lo dice a sí misma.

—Yo estoy jodido por la puta coca. He perdido el control.

Ella no se extraña, no es una sorpresa. Vuelve el silencio. Los dos mantienen la mirada fija allí arriba mientras los cafés se han quedado fríos. Parecen dos deportistas desfondados después del esfuerzo.

—¿Y tu marido?

—Se fue.

Camilo no pregunta el motivo.

—Y no quiere volver —añade Rocío—. Ni siquiera sé dónde está.

—¡Qué movida! —Es la única frase que se le ocurre.

—Olvídalo. ¿Tú qué vas a hacer con eso? —Le parece la manera más suave de preguntarle por la cocaína—. Tienes que tratarte.

El chico se encoge de hombros. No le apetece demasiado escuchar.

—La verdad es que ahora me metería un tirito.

—Eso es una mierda, Camilo. Tienes que parar.

Camilo se levanta, quiere concluir la conversación. Rocío se dispone a salir del despacho, tiene muchas cosas que hacer. Él no tantas, duda entre llamar a su amiga Jennifer o a su *dealer* y montarse él solo una fiesta en casa. Las dos cosas le generan una tristeza de la que prefiere huir. Rocío le da un beso antes de marcharse y él coge su móvil para hacer una llamada.

César lee el periódico en La Torreta. Cada mañana acude a la misma hora a desayunar y se sienta solo al lado de la silla vacía de Jacinto. A veces se olvida de que ya no está y mira el reloj un instante con cierto enfado por el retraso de su amigo, apenas un segundo en el que Jacinto sigue vivo en su pensamiento. Los primeros días le daban ganas de pedir café para los dos, como si estuviera esperando realmente a que llegara, pero le dio vergüenza que pudieran tomarle por loco. A veces le ha acompañado Marisa, pero eso le incomoda y le entristece aún más. La presencia de su mujer le obliga a hablar, siempre de banalidades, el tiempo, la compra, los pedidos de flores, la previsión de lo que van a cenar siendo las diez de la mañana... César quiere silencio, imaginar las charlas con su amigo. Cuando le hablaba de su lucha contra Franco repartiendo pasquines que hacían en la imprenta de un camarada suyo del PCE, y lo pesado que se ponía contándole cómo toreaba un tal Rafael de Paula con el capote. Lo que daría ahora mismo por ver cómo se le iluminaba la cara recordando esos lances.

Todos los días desde aquel mediodía en el que se encontró con Jacinto recogiendo su comida en la barra de La Torreta, César se maldice por no haber estado más atento, debería haber intuido que algo extraño estaba pasando. Él fue la última persona con la que habló Jacinto antes de hacer lo que hizo. No le gusta emplear la palabra asesinato, tampoco envenenamiento, también le cuesta hablar de suicidio, aunque a veces ha creído que hay algo hermoso en el suicidio. Él mismo pensó en quitarse la vida días después de enterrar a su hija, cuando ya no tenía nada más que hacer aquí, eso sintió en aquella época triste, y todavía hoy recuerda cuánto dolía levantarse sin ninguna esperanza. A él le quedaba Marisa, y por Marisa siguió viviendo; sin ella, él también habría querido morir como lo hizo su amigo.

El día que enterraron a Jacinto y a Agustina, Marisa y César apenas hablaron. La compañía les reconfortaba, pero les sobraban las palabras. Antes de dormir, Marisa abrazó a su marido. «Han muerto por amor», murmuró. A él le pareció la manera más bonita de definir lo que había pasado con sus amigos.

«Perdona el retraso, no había dónde aparcar», Miguel saluda al amigo de su padre, que se levanta para abrazarle. «No te preocupes, no tengo prisa», César le invita a sentarse, y este lo hace en la silla que siempre ocupaba Jacinto. César le tiene mucho cariño desde que se trasladaron al barrio para abrir la floristería de la esquina, cuando todavía era un niño. Allí se pasaba algunas tardes con ellos después de salir del cole, le gustaba esconderse en el almacén, y siempre recuerda el fresquito que hacía en la cámara frigorífica cuando llegaba el verano.

«Hoy está usted acompañado, don César», Sebastián se acerca a la mesa para tomar nota. Miguel pide un zumo de naranja y una tostada con tomate. César un café con leche y tres churros.

—Tu padre siempre decía que este sitio era demasiado caro. Prefería desayunar las tostadas en casa.

—O los picatostes que le hacía mi madre.

—El caso era no gastar.

Los dos se ríen de esa manera en la que lo haces de los defectos de alguien querido, convirtiéndolos casi en virtud.

—Ese día pidió merluza, gambas y una botella de vino blanco, fui un estúpido por no darme cuenta de que algo estaba pasando —se lamenta César.

—No te preocupes, mis padres hicieron lo que querían hacer. Nadie les hubiera podido parar.

Sebastián trae los desayunos, los dos se callan hasta que el camarero los deja en la mesa y se marcha.

—¿Cómo está Marisa?

—Ya sabes, ella siempre con sus flores.

Miguel intuye que César quiere contarle algo desde que ayer le propuso quedar hoy a desayunar.

—Y tú, César, ¿cómo estás?

—Bien, pero un poco cansado.

—Pues yo te veo perfecto, estás como siempre.

—Y mejor que podría estar...

—¿Y eso?

—Pues de eso quería hablarte. Quiero proponerte algo...

Ana se tumba en la cama, se desabrocha el pantalón y baja ligeramente la cremallera para que se le vean un poco las bragas. También se levanta la camiseta por encima del ombligo, se hace una foto con el móvil y la envía. Hacérsela le avergüenza, pero le excita. «Hummm, me encantan, rosas», es la respuesta de Martín. En Nueva York son las cinco de la tarde; en Madrid, las once de la noche. Él responde con una foto similar en la que se nota su erección por debajo del pantalón del que ha desabrochado el botón. «¿Y ya estás así?», responde Ana al ver su polla marcada por debajo del vaquero. «Tú me pones así», Martín envía otra foto junto a ese mensaje con el pantalón más bajado, ahora su bulto se hace mucho más evidente por debajo de los calzoncillos. Ana se quita la camiseta, se tumba y desde arriba hace varias fotos enfocando su cuerpo desde el cuello hasta sus muslos. Hace varios disparos para elegir la mejor iluminación, donde la piel aparezca más tersa y los pechos mejor colocados debajo del sujetador a juego con las bragas, ahora más expuestas después de haber abierto del todo la bragueta del pantalón. A Ana le apetece tocarse, se contiene mientras espera que llegue el momento de hacerlo.

El sexo para Ana nunca fue una prioridad, incluso le provocó rechazo durante bastantes años. El embarazo a los dieciséis, después de su primera experiencia, no ayudó a que la adolescente que era asociara el sexo al placer, sino al peligro. El deseo aparecía de súbito, como algo inevitable que brotaba de su cuerpo joven después de algún estímulo, una película, la mirada de algún chico en una discoteca las pocas veces que podía salir, o del relato de alguna amiga contándole una experiencia sexual. Esa excitación era para Ana poco menos que una incomodidad que solucionaba sola, casi de manera mecánica. Aprendió a masturbarse de forma eficaz, tenía orgasmos rápidos en los que más que gozo había alivio. No volvió a acostarse con un chico hasta que Daniel cumplió los dos años. Siempre era mejor la excitación previa que el final, quizá por el pánico a otro embarazo, sentir a un hombre dentro de ella era casi siempre una amenaza. Fueron seis chicos y solo repitió con dos, uno de ellos, Camilo. Esa era toda su experiencia sexual hasta que un día Martín Varela apareció por la puerta de BB porque tenía una reunión con el dueño.

Martín mete la mano por dentro de su calzoncillo y agarra su miembro tapándolo en parte. En la foto se ve cómo excede a su puño cerrado. Ana aprieta sus piernas al ver la foto. «Ya estoy mojada», le escribe. «Quítate los pantalones y enséñamelo». A Ana le suena casi a orden el mensaje, y obedece. También se quita el sujetador y hace la foto tapándose los pechos y el resto del cuerpo solo cubierto por las bragas rosas que ahora se descubren con encaje y un diminuto lazo rosa más vivo en la cintura. «Sigues estando igual de buena», escribe Martín, y se queda completamente desnudo en su habitación neoyorquina. Ana nunca fue una más para él, seguramente desde el día en que la vio por primera vez notó algo distinto a lo que le pasaba siempre. Le atrajo físicamente, pero no era solo eso. Nunca supo definir la diferencia con otras, quizá pueda escribirlo en algún capítulo de su novela; de momento, no lo ha conseguido. Con ella, él es mejor amante que con las demás, su olor, su piel, su excitación tan rápida y real, su facilidad para todo, también para el orgasmo. Su forma de besar, entregando su boca, abriéndola como todo su cuerpo, limpiamente, y esa forma de abandonarse para que pase lo que tenga que pasar, sin límite...

Ana mete su mano por dentro de su ropa interior y empieza a acariciarse.

Cuando recibió una solicitud de Martín Varela en su cuenta de Instagram al día siguiente de su visita en la productora, pensó que se trataba de una broma. No había leído ninguno de sus libros, ni apenas le había visto en televisión, pero sabía que era conocido y siempre le pareció un hombre atractivo. Se intercambiaron los teléfonos y en la segunda cita en la que quedaron para tomar un café se acostaron en casa de él. Ana no tenía demasiadas referencias para saber si Martín era o no un buen amante, tampoco había en su biografía mucho donde comparar, pero con él se sintió segura. Tuvo esa sensación, nueva para ella, de que sexualmente no tenía que hacer nada que no deseara. No sentía la necesidad de complacerle como a los otros chicos, con él solo había que dejarse llevar. Lo curioso es que, sin saber cómo, Ana acabó haciendo en la cama todo lo que jamás pensó que podría llegar a hacer.

Martín le ha enviado una foto en la que sujeta dentro de la mano su pene completamente erecto. Se le ven las piernas tensas, marcándose los cuádriceps; a Ana la imagen le transmite poder. Ella le responde con otra completamente desnuda en la que tapa parte de su pubis con la mano cuyos dedos se pierden por dentro.

«Quiero ver cómo te corres», Martín pide hacer una videollamada por WhatsApp. «Me da vergüenza», le contesta ella. La excitación no puede con un último resquicio de prudencia, más que nada teme que Martín vea su cuerpo sin elegir ella el mejor ángulo y la dirección de la luz. Seguramente no salga tan bonito en la conexión como en las fotos que ella selecciona después de varios disparos. «¿Quieres oírlo?», Ana propone enviarle un audio.

Con Martín practicó sado, no demasiado duro, pero sí lo suficiente como para sentirse dominada y experimentar el morbo que puede llegar a dar el dolor; tuvo sexo anal y probó por primera vez el sabor del semen, disfrutando de ambas cosas, algo que le hubiera parecido inimaginable antes de conocerle, e hizo un par de tríos con otra chica que, al igual que Martín, se dedicó por completo a ella. La chica y él tocando y comiendo todo su cuerpo hicieron que Ana entendiera de verdad el placer.

Martín escucha en el móvil sus gemidos, nota que va despacio, se está controlando para retrasar el orgasmo. Él responde con un vídeo en el que mueve su mano a gran velocidad. Ana espera a verlo entero antes de seguir tocándose, al final se ve cómo Martín eyacula sin dejar de grabar. Su respiración enciende a Ana, que conecta el audio de su móvil mientras se toca. Martín recibe el mensaje de voz en el que ella gime cada vez más fuerte hasta que termina con un grito prolongado. Cada uno en su cama acaban desplomados. Martín es el primero que escribe: «Necesito verte». Ana le contesta antes de salir de la aplicación: «Eres tú el que te fuiste».

La sexta versión del guion de la adaptación de *Edén* que han escrito Alberto Domínguez Yuste y Paula Camino tampoco ha convencido a los directivos de HBO. El problema en esta ocasión es uno de los personajes que aparece en la novela: el rey Juan Carlos. Una de las protagonistas de *Edén* es una actriz de los años setenta que tuvo un romance con el monarca, una de tantas, al parecer. Esta actriz, en la novela, tiene un perro caniche al que llama Borbón. Los directivos dicen que lo mejor es sustituir el personaje del rey por el de algún banquero importante y que el perro se llame Bribón. «Tampoco cambia tanto», comentó Nacho. «Total, qué más da», asintieron el resto.

Garo le cuenta por teléfono esta novedad a Martín, que le escucha sentado en un banco del parque que hay al final de la calle Bleecker, cerca de Meatpacking. «Esto ya me está empezando a tocar los huevos», concluye Garo. Por lo visto, la plataforma, que emitió hace meses un documental sobre Juan Carlos, ha recibido algunas demandas y no quiere ninguna polémica más con la casa real. Eso es lo que argumentan para querer poner un banquero en vez de al monarca. «Esto se parece cada vez menos a tu novela», le dice Garo un poco desesperado. Martín estira las piernas y recuesta su espalda en el respaldo del banco. Él quiere que se haga la serie, le viene bien para sus siguientes novelas. Y, además, todas estas dificultades que están sucediendo en la adaptación las puede utilizar como trama para la novela que está escribiendo ahora. «¿Tú crees que cambiaría mucho si ponéis a un banquero en vez de al rey Juan Carlos?». Garo no entiende que Martín no defienda su historia. «A ti la serie te la suda, te da igual cómo se haga», sube un poco el tono. «Claro que me importa, por eso te llamé para que la escribieras, pero todo esto que me cuentas que quieren hacer con la adaptación de *Edén* también me apetece escribirlo», le confiesa Martín. Garo asume que su amigo le está utilizando para escribir su próxima novela, no para hacer bueno el guion de la anterior. «Además, estoy pensando que tú vas a salir, quiero que seas uno de los personajes, ¿te apetece?», Martín habla con entusiasmo. «¡Vete al carajo!», es la última frase que dice Garo antes de colgar.

Martín sonríe, antes o después se le pasará el enfado, y sabe que su amigo tiene razón. «Pero soy escritor, todo lo demás da igual», piensa mientras va caminando por Bleecker dirección al Soho. No hay nada que le reconforte más que sus novelas. Dan igual el dinero, la fama, el reconocimiento o los demás. El éxito solo lo es si los otros lo perciben. «Que les den a los demás y al éxito», se da la razón a sí mismo justo cuando pasa por la puerta de un bar repleto de gente, sobre todo de mujeres. Una de las cosas que más le fascinan de Manhattan es que es una ciudad de mujeres, de mujeres guapas que hablan muy alto y ríen ruidosamente. *«Guan biar»,* dice señalando el grifo de cerveza de la barra.

Martín mira alrededor, todo el mundo parece pasárselo bien, la mezcla de voces intentando superarse en decibelios unas a otras, risas, ruidos de vasos golpeando el mostrador, de los motores y los cláxones de los coches que a veces parecen estar dentro del bar; le entusiasma la explosión de vida que le rodea, hasta aturdirlo. Es feliz apoyado en la barra observándolo todo, lo grande y lo pequeño. Los labios de una mujer, la barba irregular de un chico, el culo de una joven con un vestido blanco en el que se dibuja perfectamente el tanga que lleva debajo, las zapatillas Gucci de un señor calvo, la inmensa belleza de una camarera morena, que a saber por qué es camarera. Martín se siente vivo estando perdido en esa ciudad en la que no le conoce nadie, solo en medio del tumulto del local siente que necesita contar esa emoción, necesita escribirla. Si supiera hablar inglés, le diría algo a una chica morena con flequillo con la que ha cruzado un par de veces la mirada, fantasea que solo con la mirada podría ligársela, coger un taxi hasta su apartamento y follar toda la noche. Le vuelve a mirar y él le lanza una sonrisa. *«Anoder biar»*, pide, ella pasa a su lado, casi rozándole: «¡Hola!», le dice la chica. «¡¿Eres española?!», Martín pregunta y exclama al mismo tiempo, como el que encuentra un manantial en el desierto. «De Córdoba», le informa ella. «Yo también soy español», le aclara Martín de manera completamente innecesaria. «¿No me digas?», la chica le vacila sin abandonar nunca una sonrisa que no se puede tener si no se sabe todo lo que hay que saber de la vida. Martín siente que está de suerte, él siempre ha tenido una capacidad para verlo todo con una simple mirada, presume de intuición porque a menudo esta le ha llevado lejos. En ese repaso visual que no llega a cinco segundos, mira la boca de labios carnosos de la cordobesa, lleva varios pírsines en una de sus orejas, algunos menos en la otra, y uno pequeño y brillante en una aleta de la nariz. Tiene los ojos muy oscuros, el pelo brillante, se nota que ha salido de la ducha hace como mucho un par de horas, una imagen que le hace pensar en ella sin ropa. El pecho que se adivina debajo de su camiseta se intuye de tamaño normal, imagina que los pezones serán oscuros y de un tamaño no muy pequeño. Los vaqueros grises que lleva su nueva amiga son muy ajustados, marcando un culo y unas piernas que en la mente de Martín tienen dureza y suavidad a partes iguales. Su imaginación se dispara y la visualiza desnuda en la cama y cómo mete la boca entre sus piernas, probablemente la chica no esté depilada del todo, algo que cada vez le gusta más. Prefiere la naturalidad, define más a las mujeres libres. Ella tiene dos o tres orgasmos sonoros y profundos mientras él succiona su clítoris con la boca y al mismo tiempo juega con dos dedos dentro de ella. Bendice la suerte de haber entrado en ese bar, adora Nueva York, le fascina la vida y le apasiona escribirla. «¿Quieres una cerveza?», propone Martín, que está empezando la suya. «No, estoy ahí con mi novio», responde señalando a un chico que hay en una mesa pequeña al lado de la ventana. Martín traga con dificultad un sorbo de su vaso. La chica siente que debe dar alguna explicación al malentendido, aunque nunca sospechó que «ese señor tan mayor» tuviera la más mínima esperanza de ligar con ella. «Iba hacia el baño y me ha hecho gracia tu pronunciación», vuelve a sonreír y se marcha dándole la espalda.

Martín siente un calor incómodo en su cara y el sonido del bar vuelve a primer plano, las voces, el vidrio de los vasos, la música, la calle que se mete dentro del local. De un par de tragos termina la cerveza. *«De bil, plis»*, dice alzando el brazo para que le vea el camarero. Paga dieciséis dólares, «*tip included*», y sale del bar en busca de un taxi que le lleve a su apartamento. Ahora siente que le apetece escribir un capítulo que hable de la nostalgia y del fracaso: *Edén* no tiene pinta de que finalmente vaya a emitirse en HBO y si finalmente se hace, está seguro de que le va a horrorizar. Además, se siente mayor, al menos nota que ya no es el que era. La melancolía se apodera de él mientras observa cómo, en cada semáforo de la Séptima Avenida, el taxista, negro y con las uñas demasiado largas, muerde una hamburguesa gigante, cuyo olor contamina por completo el taxi. Martín abre un poco la ventanilla y respira hondo. Le invade la angustia al reparar que está escribiendo una novela para la que todavía no tiene pensado el final.

Hacía mucho tiempo que Adela no conducía, apenas lo ha hecho desde que se sacó el carné hace unos cinco años. Pensó que podría necesitarlo para algún papel, pero eso nunca sucedió. Viviendo cerca del centro prefería moverse en metro, o en taxi si salía de noche y se le hacía tarde. Ha alquilado un coche para venir, uno pequeño automático, algo más caro, pero que le da seguridad al no tener que estar pendiente de cambiar de marcha. Creía que no sabría hacerlo por mucho que dijesen que conducir, como montar en bicicleta, nunca se olvida. No había otro modo de llegar hasta aquí, salvo en un autobús que sale de la estación sur y que para a la entrada del pueblo, al lado de la gasolinera abandonada. El problema es que solo hay uno al día y no podría irse hasta mañana. No cree que vaya a quedarse tanto tiempo, pero ¿quién sabe?, por si acaso ha hecho una bolsita con algo de ropa y el neceser y lo ha guardado en el maletero. Todavía faltaban más de setenta kilómetros cuando ha empezado a aminorar la velocidad, no ha pasado de cincuenta por la carretera recta y estrecha que se coge desde que se abandona la autovía, hasta le han adelantado un par de camiones. Durante todo el camino ha tenido la tentación de volver a Madrid. «No es una buena idea, no es una buena idea...». Le costó sincronizar por *bluetooth* su móvil con el coche para poner el aleatorio de canciones, ha sonado desde Michael Jackson hasta los Hombres G, hasta los últimos kilómetros en los que ha puesto a todo volumen, una vez tras otra, a Isabel Pantoja cantando *Garlochi*. Esa era una de sus canciones preferidas cuando era niño, niña con la falda de vuelo robada a su madre por encima del pantalón. Sentía tanta alegría escuchando eso de «Ven y espérame, ven junto a mí y te daré mi *garlochi...*». Bailaba feliz delante de ella, «Carlitos, ¿sabes lo que significa *garlochi*?». «No, abuela». «Y si te digo que tú eres mi *garlochi*». «No sé, abuela». «*Garlochi* es corazón». Los dos se abrazaban, se besaban y se reían.

Adela no vino al entierro cuando murió hace casi diez años, le faltaron fuerzas y le sobró miedo para regresar. «Se ha muerto tu abuela, tú sabrás lo que haces», la voz seca de su madre, dura, distante... Adela, que ya era Adela, se bebió una botella de tequila escuchando a Rocío, a Isabel y a Marifé, bailando con una falda que ya era suya, llorando y riendo hasta que cayó desplomada en la cama; está segura de que antes de quedarse dormida estaba sonando *Te he de querer mientras viva*.

No hay demasiada gente en la calle, pero los que hay intentan identificar a la mujer que conduce ese coche pequeño. Se le acelera el pulso, le cuesta respirar mientras recorre la calle principal, que en el pueblo se llama «la carretera», aunque en realidad no lleva a ningún sitio importante, solo al pueblo de al lado, para ella tan idéntico al suyo por mucho que sus paisanos se empeñaran en encontrar miles de diferencias, siempre mejores las propias. Mentira. Eran iguales, como lo eran sus habitantes, tan dañinos con el diferente. Ha pasado mucho tiempo, pero todo es muy reconocible, incluso algunas caras con las que ha cruzado la mirada de los que pasean le son familiares. Al final de la calle se llega a la plaza del Ayuntamiento y de allí se baja la cuesta hasta el mercado, al que han cambiado la pintura de los cierres; cuando él se fue eran grises y ahora, verde oscuro. Un poco más allá de la farmacia estaba la tienda de sus padres, que allí sigue con su cartel luminoso, que ya no se iluminaba cuando él se fue y que sigue apagado. Adela aparca el coche, prefiere ir caminado por su calle hasta la puerta de su casa. Esa calle en la que no recuerda haber sido feliz. No hay nadie en los sesenta metros que la separan de la casa; los quiere recorrer con determinación, aunque el cuerpo parece resistirse a esa intención. Los nervios hacen que todo suceda lentamente, tres bocanadas de aire delante de la puerta antes de llamar sin que desaparezca el impulso de huir corriendo hasta el coche y desaparecer de allí para siempre.

Ángela abre la puerta. El pelo blanco, los ojos verdes chiquititos sin vida, una bata azul marino y unas medias tupidas color carne hasta debajo de la rodilla. Ni rastro de pintura en la cara, el descuido, el «qué más da ya» tan triste, cuando todo parece haber terminado mucho antes del final. Al verse una a la otra, el silencio. A medio metro de un abrazo por fin, de cruzar el umbral, un instante sin reproches por aquellos días en los que sí se quisieron sin cuentas pendientes. Las dos lloran a la vez cuando se abrazan, al besarse notan las mejillas mojadas de lágrimas que empapan después sus labios. «¡Mamá!», es la primera palabra que rompe el silencio. Ángela separa la cara de Adela para observarla sujetándole la cabeza con las dos manos. La mirada es lo único que no puede cambiar una operación, tampoco el olor. «¡Hijo!», es lo que le sale. «¡Hija!, no sé...», se confunde, no quiere ofenderla. Le llamará como ella quiera.

La casa está oscura, los mismos muebles, y la foto de comunión de Carlitos colgada en la pared. Una tele plana ha sustituido a aquella gorda a la que su padre hablaba como si pudieran escuchar desde el otro lado. Esa pantalla es la única evidencia de que el tiempo ha pasado en ese salón los últimos veinte años. «¿Papá está en la tienda?», a Adela siempre le producía miedo pensar en su padre, no a los golpes, nunca le puso una mano encima, sino a la vergüenza. El daño era peor con tanta humillación, ese desprecio, aquellas miradas de asco que fueron consumiendo a Carlos por dentro. Adela en ese salón se siente pequeña, muy cerca del niño dolorido de hace más de dos décadas.

Ángela se sienta al lado de su hija: «¿Papá? Papá lleva cinco años muerto».

Adela se siente mal por notar alivio ante esa noticia, debe haber algún rastro de amor hacia aquel hombre que le llevaba subido en sus hombros a todas partes, un recuerdo lejanísimo de un padre que alguna vez sería tierno y cariñoso.

—No sabía —dice.

—¿Cómo lo vas a saber si llevas diez años desaparecido? —le reprocha su madre.

No quiere corregirla, le sigue hablando en masculino, piensa que no es de manera consciente. Hasta a ella le cuesta no sentirse Carlos en ese salón, con su foto de comunión vestido de marinero colgada en la pared de enfrente.

—¿A qué has venido?

—Quería verte y hablar contigo, nada más.

—A buenas horas. —Ángela no puede evitar el reproche.

—Lo siento, yo tampoco lo he tenido fácil.

Adela se levanta a abrir la persiana que da al patio de la casa, la oscuridad le está quitando energía, la está aplomando. La claridad se mete en el salón, iluminándolo, da la sensación de que los muebles se desperezasen también con la luz, como una planta que de repente se estira buscando el sol, parecen empinarse el aparador, la mesa y las sillas. El patio que ve desde la ventana le resulta más pequeño, tiene el suelo de baldosas color tierra y azulejos blancos y azules con cenefas ocres.

—Lo reformamos hace unos años, un poco antes de morirse tu padre.

—¡Está muy bonito! —dice Adela, aunque piensa todo lo contrario.

En ese patio saltaba a la goma cuando era niño. La sujetaba entre dos sillas, que sustituían a las piernas de las amigas con las que no volvió a jugar desde que un niño gordo le tiró una piedra y le hizo una brecha en la frente. Carlitos salía y entraba botando de la goma cantando: «En la calle veinticuatro, ha habido un asesinato, una vieja mata a un gato, con la punta de un zapato...». Cuando dijo zapato, más o menos, el proyectil en forma de canto rodado le estalló un poco por encima de la ceja, aturdiéndolo. «Toma, maricón», le gritó el niño gordo entusiasmado por su puntería. Por cierto, aquel niño se murió un par de años más tarde ahogado en la piscina municipal. Fue una tragedia en el pueblo, pero Carlitos lo vivió, cree recordar, como un acto de justicia divina.

—¿Qué tal te ha ido estos años? —Ángela le pregunta con cariño.

—Ha habido de todo, mamá.

—¿Sigues llamándote como la abuela?

—Sí, Adela es mi nombre.

—Me resulta extraño...

—Siempre la tengo presente.

—Yo no sé si a ella le hubiera gustado.

—Claro que le hubiera gustado, estoy segura. Ella siempre me entendió.

—Y no como yo, ¿verdad? Eso es lo que quieres decir.

—Mamá, no quiero discutir.

—¿Eres feliz siendo así?

—Soy así e intento ser feliz.

Adela no volvió a hablar con su familia después de aquella llamada de su madre diciéndole que había muerto su abuela. No fue una decisión premeditada, simplemente sucedió. Ni llamaron los padres ni llamó Adela. Nunca se olvidaron, siempre esa llamada por hacer, pero se acostumbraron a la distancia, nada más.

—Te busqué cuando tu padre se estaba muriendo, pero no pude encontrarte.

—Cambié de piso y de número.

—Él quería verte antes de morir.

—¿Para qué? —A Adela le sorprende que eso sucediera.

—Quería despedirse de ti.

—Quería despedirse de Carlos, más bien.

Ángela sabe que Adela se equivoca, pero ya se lo dirá más tarde. Su padre quiso verla para abrazarla, quizá para aceptarla tal cual es y pedirle perdón, aunque eso ya no es tan seguro.

—No sé quién me dijo que eras actriz.

—Te lo dije yo, mamá, hace tiempo.

—Sí, aparte. Alguien del pueblo, creo.

—Ya no lo soy, era una de las cosas que quería contarte.

Adela todavía no ha visto la casa entera. Solo la entrada, el salón y el patio. Se levanta para recorrerla, al menos las dos habitaciones que hay en esa planta, a la derecha de la entrada está la de su abuela, de la que no queda ni rastro de lo que fue. Ese era el único sitio en el que Carlitos fue feliz con la complicidad de Adela. Ahora es una especie de cuarto de estar, con un sofá, una mesa camilla redonda y un mueble sin ningún adorno que desprende la misma tristeza que los árboles pelados de hojas. El cuarto de estar, o la salita de estar como se le llama en otros sitios, es una estancia que se tiene para no estropear el salón, en el que finalmente nunca se está. Algo que define esa manera de vivir en la que es mejor comerse el pan de ayer, porque sobró, antes que el de hoy, y así día tras día, sin llegar a disfrutar nunca del pan tierno. Una forma de vivir en la que las carencias son algo de lo que presumir.

—¿Y la tienda sigue abierta? —pregunta Adela.

—La llevan unos chicos del pueblo, se la tengo arrendada. Yo ya estoy vieja.

—¿Y sales? ¿Tienes amigas?

—¿Salir para qué?

—Yo diría que deberías ir a la peluquería —se lo dice con cariño—. Esas canas no pueden ser.

—A mí ya no me tiene que ver nadie.

—Si quieres, a partir de ahora, tengo que verte yo.

Ángela se ilusiona con lo que le acaba de decir su hija, tanto que hace como que no lo ha oído.

—¿Y qué es eso de que ya no eres actriz?

—Es una historia un poco larga, ya te contaré, pero no quiero ser actriz, no me gusta. Creo que en realidad nunca me gustó.

Lo ha pensado mucho desde que acabó con todo después de aquel puñetazo. Adela, de haber nacido Adela, jamás habría sido actriz. De haber nacido Adela, habría sido abogada, médica, cajera, dependienta, jueza o enfermera, quién sabe. De haber nacido Adela, se parecería mucho a quien es en este momento.

—¿Y qué haces ahora?

—Trabajo en una clínica.

—¿Ahora eres médico? —A Ángela le hace gracia su propio chiste. Es la primera vez que se ríe.

—Estoy asesorando a mujeres que se realizan un cambio de sexo. Una amiga me ha dado ese trabajo, y estoy encantada...

Ángela escucha a Adela contar con entusiasmo cosas de su nuevo trabajo. «¿Sabes que tengo un despacho y voy con una bata blanca?». Definitivamente, no hay en ella ni rastro de su hijo Carlos. Tampoco la memoria de lo que pasó es la misma para una y la otra.

—... Creo que ahora es la primera vez que estoy bien desde que me fui de aquí —continúa Adela—. Por eso he vuelto.

—¿Te vas a quedar a dormir? —le propone su madre casi con tono de súplica.

—Sí, pero con una condición. Que mañana vayamos a comprarte un vestido y a la peluquería para teñirte ese pelo.

—Ni hablar, menuda tontería teñirse a estas alturas.

Las dos se ríen, y luego se abrazan y más tarde lloran antes de volver a reír otra vez. El sol que había iluminado el salón se ha ido escondiendo entre confesiones y una merienda de café y pastas hasta la madrugada. Adela le ha hablado de algunos famosos a los que conoció en Madrid, de su amiga Celia y de su marido Nacho, que es escritor, pero que a ella no le cae del todo bien... Ángela le ha enumerado uno tras otro todos los que habían muerto del pueblo en los últimos veinte años con detalles precisos sobre las enfermedades con las que el Señor se los llevó.

«¿Crees que me quedará bien un castaño o me lo tiño más de rubio?», esa es la última frase de Ángela antes de irse a dormir. «De rubia, como yo», responde su hija.

Laura, Eugenia, Carmen y Pilar ríen tomando café en la mesa de la cocina de la productora. Ya han terminado de comer. Rocío las envidia cuando entra en la sala y las encuentra despreocupadas. Al parecer, Pilar ligó anoche con un chico «que tenía una polla enorme», fue lo que acertó a oír antes de que ellas disimularan ante la presencia de su jefa. «Seguid, seguid», las anima mientras su expreso largo va saliendo de la máquina. «Esta, que ayer ligó», dice Eugenia en referencia a su amiga. Rocío les cae bien, la admiran y, además, las cuatro, de una u otra manera, le deben mucho por su generosidad, pero es la jefa y esa es una diferencia que impide la igualdad entre las cinco. «Con uno muy bien dotado, ya lo he oído», Rocío intenta cierta complicidad. Le habría encantado que alguna de ellas la hubiera invitado a quedarse, pero sabe que, si lo hace, las chicas habrían guardado más las formas y su sobremesa habría sido menos divertida para ellas. Cuando sale de la cocina con su café, se da cuenta de que con tanto trabajo se le ha olvidado comer. «Te juro que cuando vi aquella cosa tan enorme me asusté», oye decir a Pilar y a sus amigas reír nerviosas.

La tarde ha transcurrido con cierta monotonía. Ha estado elaborando presupuestos de la película de una directora novel, para las que suele haber algunas subvenciones interesantes, por mujer y por novel, y ha negociado con un representante el caché para la participación de una actriz veterana. No ha sido fácil, porque Rocío sabe que esa mujer no tiene trabajo y está obligada a aceptar su participación en la cinta. Aun así, le ha cerrado un caché digno.

«La niña ya se ha dormido. ¿Le queda mucho para llegar?», la canguro envía el mensaje a Rocío. «En media hora estoy ahí», le responde. Hoy tampoco la ha recogido de la guardería, eso ya es una rutina. La cuidadora se encarga de eso, de bañarla, darle la cena y acostarla. Ha tenido mucha suerte encontrando a esa chica, que trata a Antonia como si fuera su hermana mayor, una especie de segunda madre ante la ausencia casi permanente de la primera. La misma suerte que ella ha tenido con la canguro es la que cree que le ha faltado a Antonia con ella. «El resto de las madres son mejores madres», se tortura. A ella no le sale. La quiere, sí. La quiere muchísimo, de eso no tiene dudas, pero no sabe hacerlo. A veces retrasa alguna reunión para que, al llegar a casa, su hija ya esté dormida. La conciencia la golpea, pero no se ve con fuerzas para lidiar con las protestas de la papilla, la preparación del baño y los llantos antes de dormir. Con la chica se duerme antes; definitivamente, ella lo hace peor. Ana se pone el abrigo y cierra los cajones de su mesa: «¿Te vas a quedar mucho rato?», le pregunta. Son las únicas que aún permanecen en la productora. «No, espera, salgo contigo», responde Rocío mientras coge su abrigo y la acompaña a la puerta. «Mi hijo ha quedado con una amiga y estoy sola, ¿te apetece tomar algo?, le propone Ana. «No puedo, tengo que ir a casa deprisa para ver si llego a tiempo de bañar y de acostar a Antonia»; Rocío cree que no hay ninguna necesidad de compartir con nadie «la madre desnaturalizada» que es. Una vez oyó a alguien que se refería a otra mujer de esa manera y el concepto se le quedó grabado. «Desnaturalizada». En su cabeza se imagina la carencia de lo natural como un ser metálico, una madre autómata, con cables y chips, pero sin alma y sin leche para amamantar, como le pasa a ella. Sin embargo, una madre «naturalizada» le suena a una vaca en el prado con el ternero chupando de las ubres, puro instinto. Entre ser una vaca y un robot, a Rocío le encantaría encontrar un término medio. Todo ese pensamiento se le mete en el cerebro, mientras se despide de Ana, que ante la ausencia de un plan mejor se va camino del metro para volver a su casa. Si Rocío piensa en vacas y robots, Ana en que cuando llegue le enviará un mensaje a Martín para jugar con vídeos y fotos. Y si no le encuentra, ella se lo montará sola mientras ve algo de porno en su iPad. «¡Adiós!» «¡Adiós!», cada una se despide pensando en sus cosas.

Rocío, en dirección contraria, va hacia el *parking* a coger su coche. A esta hora ya no hay casi nada de atasco, la mayoría de gente hace rato que salió de trabajar y las tiendas ya han cerrado, así que en veinte minutos como mucho estará en casa para relevar a la canguro. «¡Hola, Rocío!», él la llama sentado desde el banco de enfrente al portal de la productora. «¿Qué haces aquí?», es la primera cosa que se le ocurre decir a Rocío nada más verle, aunque lo que le hubiera apetecido es abalanzarse sobre él para abrazarle y besarle. Ernesto se levanta y tira al suelo el cigarrillo que estaba fumando. «Te estaba esperando», le dice con voz amable. Rocío no le recordaba hablando con ese tono las últimas semanas que vivieron juntos, siempre tan crispado.

—¿Por qué no me has llamado? —le pregunta Rocío, acercándosele.

—Tenía más ganas de verte que de hablar contigo. —La frase suena como una broma, aunque en realidad no lo era.

Ninguno de los dos sabe si deben darse dos besos en las mejillas o uno en la boca, deciden simplemente abrazarse. Lo hacen durante bastante rato, primero de forma más tensa, después los músculos se van relajando hasta ablandarse, se sienten reconfortados, a ninguno le apetece separarse del otro. «Te he echado mucho de menos», le confiesa Rocío. «Yo he estado pensando mucho en ti», contesta Ernesto. «Y en la niña», añade.

Rocío camina hacia el *parking* y él la acompaña. Hace frío y sopla un viento suave que parece limpiarlo todo. La calle tiene un brillo esplendoroso con las luces amarillas de las farolas y las rojas de freno de los coches que se encienden cuando paran en el semáforo de una perpendicular a la Castellana. «Tengo que irme a casa porque la canguro tiene que marcharse»; Rocío teme invitar a Ernesto a tomar algo allí por si le dice que no. «Esa chica es una bendita», comenta él. Casi a la entrada del *parking* es él quien se lanza: «Me gustaría ver a Antonia, ¿puedo acompañarte?». Rocío sonríe y vuelve a abrazar a Ernesto como hace un momento cuando se vieron. Esta vez sí se atreve a darle un beso en los labios al que él responde primero tímidamente y después con más pasión. Rocío cierra los ojos y coge de la nuca a Ernesto con una mano, como si temiera que al separarse él se volviese a marchar otra vez. No es así. Los dos suben al coche camino de su casa, de la casa de los dos. Ella pone música, sin atreverse a preguntar a su marido si va a regresar definitivamente, otra vez por miedo a que le diga que no. En el camino apenas hablan, en este momento ninguno de los dos lo necesita. Ya lo harán. Una música indefinida y alegre suena en una radio que pone canciones de los ochenta. Ernesto mira por la ventanilla, Rocío le mira a él y piensa en Antonia: «Qué mal me porto con las personas que más quiero».

El timbre despierta a Camilo. Él lo acaba de oír, pero lleva sonando sin parar más de diez minutos. Se levanta a abrir para que cese ese ruido infernal que se le está clavando en el cerebro. Camilo nunca quiso que tuviera llave, así que la señora no tiene más remedio que llamar hasta que él le abra. Y si no lo hace, le da igual. «Allá él; si no abre, me voy por donde he venido», ella cobra lo mismo limpie o no limpie. A veces, no la oye porque el agotamiento después de la juerga se parece mucho a entrar en coma. Abre en calzoncillos y sin camiseta, «Pase, pase». Y nada más abrir, vuelve a su cama: «Limpie todo y luego se marcha, no hace falta que recoja mi habitación». Le pide por favor también que no haga demasiado ruido. «¿Entonces no paso la aspiradora?», le pregunta la señora sin obtener respuesta. Camilo se encierra de nuevo en su habitación. Cuando vuelve a su cama se da cuenta de que hay una chica debajo del edredón, alguien a quien no reconoce. Una escena —esa de acabar amaneciendo con una desconocida que no recuerdas— muy propia de las películas, un giro habitual de los guionistas para explicar los excesos de un personaje, si bien algo así rara vez sucede en la vida real. Camilo no sabe quién es la chica, no sabe cómo ha llegado hasta ahí. En el reloj de la mesilla de noche se iluminan las trece cero siete, la mujer que hay en la cama está en bragas y lleva una camiseta. «Es mía», Camilo reconoce la prenda, a la chica no. Sobre el sofá, un vestido negro, y en el suelo, unos zapatos de plataforma rojos. Ella intenta abrir los ojos y al comprobar el enorme esfuerzo que tiene que hacer para mantenerse despierta, se da media vuelta y sigue durmiendo. «Al menos no está muerta», piensa Camilo, que se mete de nuevo en la cama a seguir durmiendo. «Qué más da quién sea», piensa. No recuerda nada de lo que sucedió después de que anoche Jennifer se marchara del restaurante al terminar de cenar.

Esta mañana Jennifer se ha despertado sobre las nueve y media. Se ha puesto el top y las mallas que dejó preparadas antes de irse a dormir. No se ha duchado, solo se ha lavado los dientes y se ha ido al gimnasio. Media hora de elíptica, algo de máquinas para los glúteos, un poco de brazos y una sesión de abdominales, cien en cinco series de veinte. No le gusta ducharse en el gimnasio, allí siempre está más incómoda y no le compensa estando tan cerca de casa. Después de la ducha en su baño y de untarse un montón de cremas que no necesita —anticelulítica, reductora, hidratante, reafirmante para piernas, vientre, brazos...—, se ha preparado un desayuno a base de zumo de naranja, aguacate y yogur *low fat* con sabor a coco. No le gusta cambiar sus rutinas, a pesar de que esta mañana no tenía demasiadas ganas después de lo que pasó en la cena con Camilo.

A partir de las tres, Jennifer tiene un servicio en un hotel en la plaza de España. La señora Jaqueline le ha dicho que serán varias horas con un empresario que no habla español, algo bastante habitual. Jennifer no habla bien inglés, lo justo para defenderse mínimamente, aunque en la agencia de contactos la señora Jaqueline asegure que es bilingüe. Es algo a lo que el cliente no le da demasiada importancia después de ver su físico cuando entra en su habitación.

La señora que limpia en casa de Camilo ha planchado la ropa, ha pasado la aspiradora por todo el salón, ha recogido la cocina y ha limpiado las mesas. Anoche otra vez hubo fiesta. Si un laboratorio analizara en profundidad la bayeta que lleva en la mano, no pasaría un control antidroga por muy ligero que este fuera. Casi cuando se iba a marchar, una chica sale de la habitación vestida de negro y con unos zapatos rojos de plataforma. «Hola», «Hola». Las dos abandonan el apartamento a la vez y bajan juntas en el ascensor. Ninguna habla en todo el trayecto. «Este chico va a acabar mal», piensa la señora de la limpieza. «Puta resaca, me va a estallar la cabeza», piensa la chica.

El cliente ha tardado en correrse menos de dos minutos. Después de desnudarse y unas pocas caricias, no ha durado más de cuatro o cinco embestidas dentro de Jennifer. «*Oh, my God*», ha dicho entre feliz y avergonzado. El señor habla inglés, pero, según ha entendido Jennifer con su escasa comprensión del idioma, es holandés y está en España para asistir a alguna convención o feria que se celebra esos días en IFEMA. Al acabar, le ha pedido que espere un rato a ver si se recupera y puede continuar; al fin y al cabo, ha contratado cuatro horas y aún no han pasado ni veinte minutos desde que la chica entró por la puerta. El señor se ha puesto a trabajar con su ordenador y ella ha abierto una Coca-Cola del minibar y ha cogido el móvil para ver Instagram y repasar los wasaps. No tiene ninguno de Camilo.

Camilo le propuso cenar en La Manduca de Azagra, uno de los mejores restaurantes de la capital, al que suelen ir políticos, empresarios y artistas importantes que viven o pasan por Madrid. Jennifer fingió no conocerlo, pero ya había estado allí con el padre de Camilo un par de veces. Curiosamente, a él también le dijo que era la primera vez que iba, aunque ya había estado antes otras dos veces con un constructor navarro que siempre contrataba chicas de la señora Jaqueline cuando venía a Madrid por negocios. «¡Qué bonito!», dijo, mirando a su alrededor nada más sentarse en la mesa como si, en vez de la quinta, fuera la primera vez que iba. A Jennifer le pareció que Camilo estaba realmente guapo, más que nunca. Igual que lo era su padre, él también es un hombre atractivo, pero todo el mundo tiene días y este era uno de sus mejores. Rara vez se ponía americana, fue algo que sorprendió a Jennifer, también le chocó la elección de una camisa azul clara tan formal y la de este restaurante de «gente mayor», más clásico que los que suele frecuentar Camilo. La cena empezó divertida especulando sobre las vidas de los comensales de las mesas que les rodeaban, sobre todo de lo poco que les duraría —la vida— a algunos dada su edad. Se maravillaron de los entrantes que les sirvieron, la mayoría verduras exquisitas, ideales para Jennifer, a la que cada vez le gusta menos comer carne. Camilo le habló, por encima, de algunas novedades de BB y ella le contó que estaba pensando en construirse un gimnasio pequeño en una de las habitaciones de su ático. Los dos terminaron los segundos casi a la vez, merluza al horno con verduras para ella y una carrillera para Camilo. Él se acabó su tercera copa de vino tinto y Jennifer otras tantas de blanco, que le gusta menos, pero que no ensucia el esmalte de los dientes. Camilo le propuso un brindis: «Por nosotros»; a ella le sonó demasiado solemne. «Pues por nosotros», repitió. Él se puso serio, carraspeó levemente, la miró a los ojos y lo soltó...

—¿Quieres casarte conmigo?

A Jennifer se le escapó una carcajada. No demasiado larga, interrumpida al ver que Camilo no se reía.

—Es broma, ¿no?

Camilo acercó su mano a la de Jennifer con la intención de cogérsela, pero al rozarla se dio cuenta de que no era una buena idea.

—Te estoy hablando en serio. Tú me gustas mucho.

—Eso no es suficiente.

—¿Y qué más hace falta?

—Hace falta quererse, supongo.

—Es más importante gustarse, lo de quererse llega con el tiempo.

Jennifer no sabía si había entendido bien la frase que acababa de decir Camilo, pero intuyó que tenía razón. A ella Camilo siempre le pareció inteligente. Aun así, veía su proposición como una locura.

—Tú también me gustas. Y me caes bien, pero...

—Espera...

Camilo la interrumpió, hizo otro intento más decidido por cogerle la mano y ella no la retiró.

—Estoy mal —continuó—, y creo que, si no es contigo, nunca voy a estar bien. Me gustaría cambiar de vida, que tú cambiaras la tuya, dejar las drogas, hacerme cargo de la productora, que tengamos un hijo...

—¡¿Un hijo?! —Jennifer no salía de su asombro, ahora sí le apartó la mano.

—Me gustaría ser padre, ¿qué hay de malo en eso?

—Camilo, tú y yo lo pasamos bien, de vez en cuando nos pegamos una fiesta... —Al decir fiesta, se puso un dedo en la nariz y absorbió—... ¿Y tú me estás proponiendo tener un hijo?

—Jennifer, ¿tú por qué estás conmigo?

—Porque somos amigos.

—¿Por qué follas conmigo?

—Yo follo con muchos...

—A mí no me cobras.

Jennifer no dijo nada.

Camilo siempre fue distinto para ella. Nunca le cobró porque nunca fue un cliente. Sería su debilidad, quizá. Esa manera tierna de ser vulnerable, su caos, su dolor. Nadie había necesitado nunca a Jennifer, él la necesitó desde que se conocieron. Pocas cosas enamoran más que sentirse necesario.

—Quiero cambiar, quiero estar contigo y quiero ser mejor.

Camilo se emocionó, y a ella le dieron unas ganas inmensas de abrazarle.

Jennifer estaba desnuda encima del padre de Camilo, sentada con sus manos apoyadas en el pecho de él, se movía al compás de un gemido desordenado, a veces se convertía en grito, otras en susurro. La puerta de la habitación estaba abierta, Camilo hijo iba a quedarse a dormir en casa de una amiga, pero su plan cambió. Camino de la suya, pasó por la puerta de la habitación de su padre y se encontró con la escena. Nunca había visto un cuerpo tan perfecto, se retiró de la puerta, pero estiró la cabeza para seguir mirando. Jennifer le descubrió, le excitó que ese desconocido la estuviera observando. El padre no se dio cuenta de que ella se movía mirando a los ojos de otro, sí percibió que su orgasmo fue más intenso de lo habitual. Aquella fue la primera vez que se vieron, siempre les ha encantado recordar aquel momento.

El restaurante se fue vaciando mientras ellos hablaban del futuro bebiendo *gin-tonics*. En realidad, no se percataron de que ya no quedaba nadie, es posible que desde hacía bastante tiempo. Los dos están a gusto siempre que están juntos. Una de las camareras se dejaba ver continuamente por si la pareja se animaba a pagar y a marcharse.

—Quiero que vivamos juntos. Seríamos felices, estoy seguro. Tengo un montón de proyectos para los dos, podríamos llevar mi parte de la productora, podrías cumplir tu sueño de ser actriz, lo que tú quisieras...

El holandés reclama otra vez la presencia de Jennifer, que antes de volver a su cama escribe un mensaje a Camilo: «¿Estás bien?». El hombre posa una de sus manos sobre una teta de Jennifer y ella mete su mano por dentro de los calzoncillos del cliente. «Este no pasa del segundo», piensa mientras comienza a empeñarse con esmero para que la cosa acabe pronto.

Camilo se ha despertado hace un rato preguntándose si lo de la chica que dormía a su lado había sido un sueño o había estado allí realmente. Mira su móvil y contesta al mensaje de Jennifer: «Prefiero que no nos veamos durante un tiempo».

—¡Sí, quiero casarme contigo!

Camilo intentó besar a Jennifer, en ese momento sintió que nunca había tenido más ganas de vivir. Ella apartó sus labios de los de, él, tenía algo más que decirle...

—Creo que podría ser feliz contigo. Me diviertes, me gustas y quizá llegara a enamorarme de ti, pero no pienso cambiar mi vida.

Camilo no sabía muy bien si estaba entendiendo a Jennifer, pero no se atrevió a preguntar. Antes de hacerlo, ella se anticipó:

—¡Voy a seguir siendo puta!

El piloto anuncia turbulencias, se enciende la lucecita de los cinturones y un auxiliar de vuelo advierte por megafonía que es obligatorio permanecer en los asientos. Por un momento piensa en la muerte. No es extraño, por mucha costumbre que se tenga de volar, pensar en algún momento que el avión se cae. Ana visualiza cómo sería el accidente, impactando en medio del océano, el agua arrasándolo todo violentamente, igual que en las películas. Si hay suerte, sería una de las supervivientes, morirían los que la rodean, pero ella se salvaría por los caprichos del destino, esas cosas pasan. El pasajero que va en el asiento 37B puede salvarse y el del 37C morir en el instante de la colisión. Lo bueno de fallecer en un accidente aéreo es que no se sufre, reflexiona. Pero en este vuelo nadie va a morir, piensa inmediatamente después. La segunda idea se impone a la primera, definitivamente. Unas simples turbulencias no van a acabar con ella en medio del Atlántico. Los únicos asientos que quedaban libres eran en el centro del avión, ni siquiera había pasillo, así que morir entre la señora americana gorda con papada y el hombre pelirrojo con bigote que tiene a cada lado sería demasiado absurdo. Ese pensamiento la hace ser optimista, no puede acabar todo de una manera tan vulgar; ella, de morir en un avión, debería hacerlo en *bussines* completamente tumbada después de haber saboreado el champán que le ha ofrecido una azafata simpatiquísima. Así que estas turbulencias acabarán pasando y el vuelo llegará a Nueva York como lo hacen todos. «Con la cantidad de aviones que hay no se va a caer precisamente este», piensa lo que piensa todo el mundo en esos casos mientras el avión da tumbos en el cielo.

Ana solo estuvo una vez en Nueva York; fue con una amiga con la que ya no tiene relación, de esas amistades intensas pero fugaces que suceden a lo largo de la vida. Se llamaba Lara, pero apenas recuerda su cara, ni el motivo por el que las dos decidieron ir a Nueva York compartiendo habitación, desayunos, comidas y cenas. Tampoco se acuerda de demasiadas cosas de la ciudad. Subieron al Empire State, patinaron por Central Park, fueron a ver un partido de baloncesto en el Madison Square Garden y cruzaron caminando el puente de Brooklyn, todos los planes obligados que tienen que hacer los turistas. Recuerda también ver a muchos cojos. Algunos gordos cuya obesidad les provocaba una dificultad para caminar similar a una cojera común, aunque también vio muchos cojos delgados, que cojearían vete tú a saber por qué. De la mayoría de las cosas que hizo durante el viaje tiene más conciencia a través de las fotos que de su memoria. De no existir esas pruebas gráficas, Nueva York sería para ella una ciudad completamente olvidada. Salvo por lo de los cojos.

Las turbulencias pasaron por fin y el piloto anuncia que muy pronto aterrizarán en el JFK. Se acabaron, por el momento, las dudas sobre su supervivencia, pero el viaje en sí mismo es una enorme incertidumbre. «¿Este viaje es un error?», es la pregunta que se ha repetido desde que compró los billetes, mientras preparaba el equipaje, en el taxi camino del aeropuerto, en el momento de embarcar, incluso ahora que él está esperándola al otro lado del control de pasaportes sigue sin tenerlo claro: «¿Este viaje es un error?». En cada uno de esos momentos ha tenido la tentación de echarse atrás y olvidar este viaje en el que hay algo de derrota, de concesión a los caprichos de Martín, de pérdida del orgullo. Incluso pensó en algún momento que el accidente de avión, a consecuencia de las turbulencias, sería la señal divina de que nunca debería haber hecho este viaje en el que él ganaba y ella perdía. Todo eso es cierto, pero se muere de ganas por verle. Esa es la razón que se impone a todas las demás, más poderosa que cualquier pensamiento elaborado sobre lo que se debe o no se debe hacer. Los contratos que lleva en la maleta son otra excusa, pero una excusa, al fin y al cabo.

Casi una hora en la fila lenta, inacabable, de la aduana antes de recoger la maleta, que en su caso sí llegó. Nunca se está guapa después de volar, así que decide dedicar un rato en el baño para lavarse los dientes y maquillarse antes de atravesar la puerta y desembocar en la terminal donde él la estará esperando. A su lado, mientras se pinta la raya en el ojo, la americana gorda con papada que tenía al lado en el avión se lava las manos después de mear. «Señora, no nos conocemos, pero usted y yo hemos estado a punto de morir juntas hace un rato», imagina que le dice. La mujer le sonríe, quién sabe si ella estaba pensando cosas parecidas durante las turbulencias. Las dos se dicen *«Bye bye»*.

Martín alza su mano y la mueve de derecha a izquierda desde lejos, la sonrisa que le sale es un poco ridícula, incluso él se da cuenta. No siempre es fácil saber el grado de gestualidad para exteriorizar un sentimiento. Ana también le sonríe levemente, no es cuestión de mostrar una alegría desbordante, aunque tendría aún menos sentido estar seria. «¡Qué guapa estás!», dice Martín con mucha seguridad, y le aparta la maleta para abrazarla. Ella le corresponde, los dos hacen el abrazo duradero y por momentos se aprietan fuerte. Él la besa en la mejilla y después busca su boca, Ana se deja hacer primero y se abandona después. Resistirse no tiene ningún sentido. En ese instante se disipan todas sus dudas sobre este viaje. Ha venido para esto, para estar así. Era justo esa sensación que no recordaba y que vuelve a vivir cuando se miran. De camino al coche, que le han prestado sus caseros para venir a buscarla, no hablan de nada importante. El propio vehículo es una de las conversaciones, también lo difícil que es circular en Nueva York y el tiempo, que ha estado toda la semana lloviendo hasta hoy, curiosamente, que ha salido el sol. «Yo, que he traído el buen tiempo», dice Ana, a la que su propia frase le da un poco de vergüenza nada más pronunciarla, los tópicos siempre le suenan algo grotesco.

Kevin y Luis la reciben con amabilidad. Con el primero se entiende casi por gestos, ella tampoco sabe demasiado inglés. Luis regaña sonriendo a Martín: «Todo el día hablándonos de Ana y no nos habías dicho que era tan guapa». Ella sonríe un poco descolocada. No por la parte del cumplido que lleva la frase, sino por eso de que Martín se pasa el día hablando de ella. Deja su maleta en la habitación de Martín. Se besan, pero no pasan a mayores a pesar de tener la cama al lado. Antes quiere darse una ducha, ahora no es el momento. Deciden salir a comer.

Cuando entran en el restaurante Pastis, en Meatpacking, un hombre con traje y corbata, que ella identifica como el encargado, saluda con un marcado acento mexicano: «¡Buenos días, señor Martín!». El restaurante es grande, las mesas están pegadas las unas a las otras, «Es habitual en Nueva York, esto en España sería impensable, pero aquí da igual», Martín le cuenta que Pastis era un sitio mítico en la ciudad que cerró hace unos diez años y que hace algunos meses lo han vuelto a abrir en otro local casi idéntico al original. Está abarrotado, pero a él le dan una buena mesa. Martín le recomienda los platos más ricos y Ana se deja llevar. Esa seguridad en todo es algo que a ella le fascina, pero la empequeñece. Le gustaría ser así, tener las cosas tan claras y, sobre todo, no necesitar a nadie. Invulnerable. Y libre. Así ve ella a Martín.

Hablan de aquel viaje que Ana hizo a Nueva York, quizá fuera la primera vez que dejaba a su hijo con la abuela y ella se marchaba sola, como cualquier chica joven. Le confiesa que no recuerda la ciudad, pero le cuenta lo de los cojos. A Martín le hace mucha gracia. Ana reconoce que no entiende bien su fascinación por un lugar que a ella le resulta tan inhóspito. «No se me ocurre ningún sitio mejor para huir», es la explicación de Martín.

—¿Huir de qué? Todo el mundo mataría por tener lo que tenías en España, y tú decides huir. Eres un caprichoso.

Ana está de buen humor, o eso creía ella, pero la frase le ha salido con un tono más duro del que deseaba. Martín tarda en reaccionar.

—Ya te dije que quería escribir, aquí es más fácil.

—No solo eres un caprichoso, también un poco pijo.

Ana se ríe para evidenciar que es una broma, es necesario aclararlo porque ha vuelto a sonar como si no lo fuera. Él también sonríe, aunque sin muchas ganas.

—Lo que quiero decir —Ana matiza— es que suena muy esnob lo de venir a Nueva York a escribir una novela.

—Sí, un poco esnob sí que suena. —Martín, conciliador, le da la razón.

—Y de pijo caprichoso...

—Necesitaba irme de España, eso es todo.

—Ya, lo de la fama que te agobiaba. Pobrecito.

Definitivamente, cada frase de Ana sale de su boca con rencor. Se da cuenta de que no es el momento de iniciar una discusión, no lo desea, sabe que no tiene sentido, pero debe haber una rabia profunda en algún lugar de sus tripas que contamina sus palabras para convertirlas en violentas.

—Te pedí perdón mil veces, no puedo hacer otra cosa.

Martín se muestra cariñoso, a pesar de todo. Intenta cambiar de tema hablando de la comida, del ambiente del restaurante, de algunos planes que tiene pensados para hacer juntos durante estos días. El primero, el de después de la cena. «Te tengo ganas», le dice, evidenciando su deseo con una mirada que recorre el cuerpo de Ana en un instante. A ella le invade de nuevo, a través de su excitación, esa extraña sensación de derrota. Es inevitable abandonarse a él. Es demasiado fuerte, maneja el mundo a su antojo. Hace siempre lo que quiere, y ella no es una excepción, se imagina siempre bailando al antojo de Martín. «Me muero por comerte el coño», lo dice con las mismas ganas con las que luego lo hará. Y eso se nota. Le pone pasión al sexo, no lo hace por hacer, no lo hace porque toca hacerlo, lo hace como si fuera la última vez en la vida que lo va a hacer. Te besa, te folla y te come como si el mundo se fuera a acabar justo después del orgasmo. Ella se rinde.

Media hora después, Ana está apoyada en la ventana de la habitación de Martín viendo moverse, por el viento, las copas de los árboles de la acera de Central Park West, y Martín la está penetrando desde atrás cogiéndola por sus caderas, embistiendo hacia delante y trayéndose hacía él el culo de Ana hasta chocar una y otra vez contra su pelvis. Ella necesita seguir un poco más, pero él no puede controlarse y acaba antes de tiempo. Martín apoya su pecho contra la espalda de Ana, desfondado. «Tenía demasiadas ganas de verte», dice todavía con la respiración agitada. Después de una ducha los dos se tumban boca arriba en la cama. Él se señala la tripa y le pregunta si le nota un poco más gordo, ella le miente diciéndole que no demasiado. Ana empieza a notar el cansancio del viaje, ha sido un día muy largo y le entra sueño. Están el uno al lado del otro, mirando los dos al techo.

—¿Sabes por qué vine a Nueva York? —dice él, cogiendo la mano de Ana.

—Para escribir, me lo has dicho mil veces.

—No es verdad.

Ana mira sorprendida a Martín, que sigue con la vista puesta en el techo.

—Vine porque me había enamorado de ti.

Ella se reincorpora, el sueño desaparece súbitamente. Él sigue tumbado, así le debe de resultar más fácil confesarse.

—¿Viniste aquí porque te habías enamorado de mí? —Ana repregunta lo que acaba de escuchar.

—Jamás me había pasado con nadie. Me dio miedo engancharme a ti y hui.

Martín le explica la aversión que siempre había tenido a depender de alguien, ese fue el verdadero motivo.

Ana permanece callada. Le gusta escucharle, pero al mismo tiempo sus palabras le provocan una extraña sensación de vacío.

—Desde que estoy aquí no he dejado de echarte de menos. No he dejado de pensar en ti ni un solo día.

No siente ninguna emoción al escuchar su confesión. Sabe que esa frase hubiera provocado en ella una felicidad inmensa hace unos meses, pero ahora, en esta habitación de Nueva York, le suena a un reglón más en cualquier escena de una novela de Martín. Ella sabe que en los libros de Martín el único protagonista es él, escriba de quien escriba.

—¡Vine a Nueva York porque te estaba empezando a querer demasiado!

Ana disimula, pero esa última frase le ha sonado espantosa.

«Prefiero mil veces cuando me dice que se muere por comerme el coño», piensa, aunque por supuesto no se lo dice. Lo que le dice es otra cosa; al fin y al cabo, le quedan tres días en esta ciudad hasta que coja el vuelo de regreso:

—Yo también te quiero, Martín.

A veces se engaña diciendo la verdad; otras se dice la verdad cuando estás mintiendo.

Los dos se abrazan, se besan y se excitan. Ana busca con su mano la polla de Martín, que se hace grande entre sus dedos. Él se arrodilla entre las piernas de ella para quitarle las bragas y buscarle su sexo con la boca. Ana se apoya en la almohada para mirar desde arriba a Martín y agarra su cabeza para manejarla entre sus piernas como le dé la gana. Definitivamente ha desaparecido en ella cualquier sensación de derrota.

En BB no se preocuparon por su ausencia hasta pasados un par de días. La señora de la limpieza no pudo entrar en su piso, pero eso tampoco era la primera vez que pasaba. A Jennifer también le resultó extraño que el móvil llevara tanto tiempo apagado o sin cobertura.

No se sabe cuánto tiempo duró ese instante en el que Camilo pensó que se iba a morir, quizá fueron unos pocos segundos, esos en los que se dice que te pasa por la mente toda tu vida. Quizá fueron minutos o puede que el tiempo ya no se pudiera medir. Él no tuvo miedo, ni siquiera viendo sus piernas atrapadas entre los hierros. Se acordó de Jennifer, de su cuerpo desnudo, suave y perfecto, moviéndose encima de él, como si estuviera sucediendo en este momento dentro de este coche destrozado que le mantenía inmóvil. Pensaba en aquella noche en la que habría cambiado su vida si ella hubiera dicho que sí. Sí, sin condiciones. «Voy a seguir siendo puta», esa mujer indomable, incontrolable, seguramente equivocada, con la que llegó a soñar algunas veces una familia, un árbol de Navidad, hijos, un castillo de arena en la playa, felicidad y amor eterno como en las películas. Había ruido de fondo, voces de hombres, indefinidas y serias, sirenas, golpes en la chapa, una radial cortando el metal, chispas que parecen quemar. A Camilo no le dolía nada, quizá estaba inconsciente, quién sabe. También pensó en su madre. Le está preparando la merienda, sonriente, él espera un bocadillo de Nocilla con el uniforme del colegio, pantalón corto gris, las rodillas negras de arrastrarlas por el patio en el recreo y un jersey rojo de pico. Ella no habla, solo está. Él se fija en su pelo brillante cayéndole por la cara mientras unta la crema marrón en las dos rebanadas del pan antes de juntarlas. Camilo hace veinticinco años en pantalón corto mira a su madre y le dice que no quiere que se muera nunca, y ella le sonríe prometiéndole que eso no pasará jamás. Se hizo de noche, las luces naranjas y azules de la policía, de las ambulancias y de los bomberos iluminan la A-4 a la altura de Aranjuez. Habilitaron el carril izquierdo para ir deshaciendo el atasco, a esas horas en fin de semana no había mucha circulación, ningún coche tuvo que estar parado demasiado tiempo. Daba miedo mirar al pasar al lado del Porsche destrozado, un ovillo de chapa amorfa. «¡Circulen, circulen!». Camilo pensó en su padre, imaginó que era él quien le liberaba del interior del coche, lo hacía con suavidad convirtiendo los hierros en algodón que se podía deshacer con los dedos. Su padre lo podía todo, así lo sintió él siempre, todopoderoso, pero ahora está muerto. Como su madre. Los dos le dejaron solo. Camilo tenía la cara apoyada en un trozo de plástico, lo identificó como una parte del salpicadero, un trozo de volante estaba incrustado en su costado. No le dolía nada. «Iba muy deprisa, me pasó a más de doscientos... Más de doscientos, seguro», un camionero hablaba con un Guardia Civil, él fue quien dio el aviso. «Un poco más adelante se le fue el coche y se estampó contra las rocas. No he visto nunca nada igual». Un niño va en el asiento trasero de un monovolumen. «No mires, hijo», le previno su madre al pasar al lado del accidente. Él no hizo caso, no pudo evitar mirar. Por un segundo vio una cabeza entre los hierros, apoyada e inerte, distinguió claramente el pelo de una persona. El monovolumen se alejó del accidente, seguramente el niño recordará la imagen de ese pelo durante muchos años. Hacía unos minutos que había llegado una furgoneta al lugar, aparcó detrás de una de las ambulancias. Ya había cesado el ruido de las radiales, los golpes, las voces, ahora todo está en silencio. Los bomberos habían terminado su trabajo y sacado el cuerpo de Camilo. «Es muy joven», una guardia civil con poco tiempo de servicio tuvo ganas de llorar cuando vio el cuerpo del chaval en el arcén. Dicen sus compañeros más veteranos que siempre se sufre, pero te llegas a acostumbrar. Los operarios de la furgoneta abrieron la parte trasera, en las puertas ponía «Tanatorio Municipal». Sacaron una caja de plástico y la depositaron en el suelo, al lado de Camilo. Entre los dos metieron el cadáver en su interior y cerraron la caja. Se marcharon las ambulancias, más tarde los bomberos. La furgoneta del tanatorio se fue camino del Instituto Anatómico Forense. A las pocas horas amanecía en el lugar del accidente, apenas había rastro de lo que había sucedido horas antes. No se sabe cuánto tiempo tardó Camilo en morir, quizá en el momento del impacto, a lo mejor unos minutos después, quién sabe. La Guardia Civil fue la encargada de hacer todos los trámites, siempre lo son en este tipo de accidentes. Un varón muere después de que su vehículo se estrelle a gran velocidad contra una ladera de rocas en la carretera camino de Aranjuez. Un funcionario se entristece al día siguiente, en el depósito tiene el cadáver de un chico joven y no le ha podido comunicar su muerte a ningún familiar.

«Con la A, pérdida total o parcial de la memoria». «Amnesia». César y Marisa llegan a casa justo cuando empieza el rosco de *Pasapalabra*. Ella prepara la cena y él pone la mesa. César le lleva dando vueltas a lo mismo algunos meses, pero su mujer no ha querido nunca hablar de la jubilación. «Con la E, escasez de anchura de algo». «Estrechez». Él cree que ha llegado el momento, le apetece conocer mundo mientras se encuentren bien físicamente, no tienen problemas de dinero y nadie a quien dejárselo cuando mueran. Salvo un viaje a París hace un montón de años, no han salido nunca de España. Él quiere ir a Londres, Berlín, Nueva York... A ella le parece que Nueva York está demasiado lejos porque le da miedo el avión y ocho son muchas horas de vuelo. «Con la L, permiso para hacer algo». «Licencia». César quiere descansar, pero a Marisa le da miedo levantarse y no tener nada que hacer. Dice que dejar la floristería sería la manera más rápida de envejecer.

Cayetano Areces lleva un rosco inmaculado, ha pasado palabra en dos preguntas, todo lo demás sigue en verde. «Con la P, espacio en el que actúan los artistas de circo». «Pista». Su rival falló la letra C, así que ya no tiene opción. Cayetano Areces siente satisfacción cada vez que sus rivales fallan alguna palabra. Por supuesto que no exterioriza esa alegría, porque Cayetano, desde que era niño, sabe parecer buena persona. Competitivo hasta el extremo, a pesar de no haber ganado nunca en nada de lo que compitió. No fue bueno en ningún deporte, no perteneció al grupo de los amigos populares y con las chicas no era precisamente el más exitoso. No es atractivo, pero su físico no crea rechazo, es simplemente uno más. Vulgar, normal, común, corriente..., todos los adjetivos que definen a las personas que pasan desapercibidas siempre y en todos los sitios. Quizá su mayor problema para relacionarse, con amigos o con chicas, tenía que ver con ser pesado. Cayetano fue un niño muy pesado desde que sus padres mostraron un empeño descomunal en convertirle en alguien diferente. Veía películas de Bergman con doce años, leía poesía con nueve y escuchaba a Mozart con seis. Lo malo no es que lo hiciera, sino que después se lo contaba con detalle a todo el mundo, compañeros, primos, tíos y chicas con las que pretendía ligar, con un insoportable aire de superioridad. Además, llevaba muy mal cuando la gente se aburría al oírle narrar pormenorizadamente el argumento de *El séptimo sello.*

Los padres estaban muy orgullosos de estar educando a su hijo para que algún día perteneciera a la élite intelectual de este país. Todo el mundo se burla de esos progenitores que viven con la esperanza de que su retoño se convierta en una estrella del fútbol, en el nuevo

Messi o en el nuevo Cristiano, pero nadie habla de la obsesión de los que ansían tener niños creativos, sensibles al arte, escritores o cineastas. Ambos son igual de patéticos y hacen el mismo daño. Cayetano creció y no fue para tanto, simplemente acabó la carrera de Derecho, de manera más o menos solvente, y aprobó unas oposiciones en la Junta de Andalucía; ahora lleva dos años en excedencia preparándose para ganar este concurso. Veinticuatro meses, setecientos treinta días estudiando palabras a razón de seis horas diarias. «Con la Z, nombre del pintor griego del siglo v antes de Cristo que se encargó de decorar el palacio de Arquelao en Macedonia». «Zeuxis». Cayetano ha dado la primera vuelta al rosco a falta de dos respuestas. Una la sabe, la otra duda. El bote pasa de los dos millones de euros. César y Marisa miran la tele, lo están haciendo millones de personas en este momento. Se trata de un programa grabado y ya se había publicado que quizá esta noche Cayetano Areces lograría completar el rosco entero y llevarse el bote con más de dos millones de euros. Hay mucha expectación, mañana batirá récords de audiencia. César y Marisa se dan la mano en el sofá mirando la tele. «¿De verdad quieres dejarlo?», intenta ser comprensiva con su marido. Él está triste desde que murió Jacinto, no tiene alegría cuando va a trabajar. Hay días en que se le olvida lo ocurrido y coge de la cámara una rosa para que su amigo se la dé a Agustina, a veces se la lleva a La Torreta y desayuna con ella en la mesa. Marisa dice que ya se le pasará y él dice que no le va a dar tiempo a que se le pase. Miguel, el hijo de Jacinto, es un buen chico y su novia está ilusionada con la propuesta que les hizo César. Es solo una casualidad, o no, y seguramente no tiene nada que ver, o sí, pero Miguel y su novia creen que hay algo premonitorio en que ella también se llame Marisa. Los dos sueñan con establecerse definitivamente en Madrid y quizá en algún momento formar una familia. «Con la R, apellido del ingeniero francés que, junto a Arthur C. Krebs, construyó el dirigible *La France* en 1884». Cayetano duda un instante, aún tiene tiempo suficiente. Dos segundos, tres, cuatro. «Renard». «Sí», dice el presentador. «Con la T». «Pasa palabra», Cayetano Areces deja el turno a su adversario sin permitir que el presentador comience el enunciado de la última pregunta. Tiene tiempo de sobra para contestar cuando le vuelva a tocar. Si acierta, se llevará dos millones cuatrocientos setenta mil euros. Al día siguiente se sabrá que en ese momento más del setenta por ciento de la audiencia está viendo el programa. Nadie hablará de otra cosa en el trabajo, en reuniones de amigos, en los bares, en las peluquerías, en las salas de espera de los médicos.

«La verdad es que los dos me dan confianza», Marisa habla de Miguel y de su novia, a él le tiene cariño desde niño y ella es una «buena muchacha», eso se nota. A César le hace ilusión pensar que esa pareja y sus hijos, cuando los tengan, se acordarán de ese viejo matrimonio que les cambió la vida. El rival de Cayetano ha terminado su rosco con un nuevo fallo, tres en total. El presentador se toma su tiempo, quiere cebar todo lo posible el último momento. La seriedad de Cayetano hace dudar de si sabe o no la respuesta. «Con la T, tienda de piel cónica que usaban indios de Norteamérica». Cayetano respira, sonríe y contesta: «Tipi». «¡Síííí!», todo el mundo salta en el plató. César y Marisa se dan un beso, ellos también están felices. Se alegran por el muchacho que los ha acompañado tantas noches a la hora de la cena. Cayetano Areces llora sin lágrimas, que es lo que hace la gente que quiere llorar y no le sale. En realidad, vive el premio como una venganza hacia todos los que le consideraron un friki, a todas las chicas que le despreciaron y a los amigos que le huían. El rencor tapona su alegría. Da igual, medio país está feliz mirando la televisión pensando en lo que harían ellos con tanto dinero, «a pesar de que Hacienda se lleva la mitad», el mismo comentario en todas las casas.

César y Marisa recogen la mesa, sienten cierta emoción por la alegría de ese chico al que no conocen. A ellos les pone contentos ver a la gente feliz. Marisa da a César un beso en la mejilla. «Si tú crees que es lo mejor, hagámoslo».

Desde que Ana se marchó de Nueva York, Martín no para de escribir, apenas sale de su habitación para comer o bajar a dar un paseo corto por Central Park. Después vuelve al ordenador, nota que la parte final de su novela tiene un tono distinto. Aquella última noche antes de que ella regresara a Madrid pareció realmente la última noche que pasarían juntos, no solo en Nueva York. Ana no dijo nada que pudiera parecer una ruptura definitiva, tampoco está muy claro que ese tipo de relación pudiera romperse, pero él intuyó que algo se estaba acabando. Habían sido tres días en los que hablaron poco y follaron más de lo que a él le hubiera apetecido. Había algo de compulsivo en el deseo de Ana, que en todo momento prefería tener sexo a cualquier otra cosa con Martín durante esos tres días en Nueva York. Ella se empeñó en no discutir en ningún momento, así que aceptaba los planes de él con una sonrisa tan educada como poco emocionante. Fueron a comer y a cenar a buenos restaurantes, pasearon por la ciudad de norte a sur, también al observatorio The Edge, un lugar que no estaba cuando Ana hizo su primer viaje; visitaron algunas galerías de arte en Chelsea y hasta asistieron a un musical en Broadway, concretamente *Aladdín*, que a él le gustó y a ella le resultó indiferente, como casi todo lo que le sucedió esos días en Nueva York fuera de la cama. Por las mañanas, a la hora de la siesta y por las noches, antes de salir y al volver de hacer turismo, Ana buscaba a Martín por debajo de las sábanas para tener sexo. Un sexo mecánico y desinhibido. En alguna novela Martín lo hubiera descrito así, «desinhibido», pero el calificativo que lo definía con más precisión sería «guarro» o «sucio». Nunca la había visto así, parecía que en la cama solo importaba ella, le pedía más fuerte, luego más suave, más profundo, también por detrás. Cuando Martín no podía más, ella seguía sola delante de él con sus dedos, mostrándoselo hasta que se corría sin dejar de mirarle a los ojos. La actitud de Ana le pareció desconcertante, no sabe lo que le sucedió en esos tres días.

«No me sucedió nada», Ana también pensó en su viaje a Nueva York. Simplemente se dio cuenta de que su relación con Martín había cambiado para siempre. No podría volver a ser una historia de amor. Con él no habría nunca futuro, y sin futuro solo hay desencanto. A Martín era mejor utilizarlo para otras cosas. Ana se dio cuenta del truco, en realidad no la miraba a ella, seguramente nunca haya mirado a nadie. Solo se mira a él. Cuando Martín fija su atención en ti, solo ve un espejo en el que se refleja quien él quiere ser. Con su encanto, su inteligencia, su humor, a veces su vulnerabilidad, te hace sentir especial. Única. En realidad, una más de las decenas de mujeres únicas que han pasado por su vida durante una noche, unos meses o unos años. Martín te hace sentir la mujer más maravillosa del mundo simplemente para que le veas maravilloso a él. Nunca eres tú, siempre eres su reflejo.

Rocío ha acostado a la niña en su habitación y vuelve al salón. Es sábado. Ernesto está viendo el fútbol, acaba de empezar la segunda parte del Real Madrid contra otro equipo que Rocío no identifica. «El Sevilla», le informa él. «¿Pero el Sevilla no vestía de blanco?», se sorprende mirando la pantalla. «Sí, los de blanco son el Sevilla, que están jugando en su campo. Los del Madrid son los de morado», le dice Ernesto. «Me apetece sushi», «Sí, a mí también».

Rocío abre su aplicación de Glovo, elige un restaurante japonés y le recita el menú a su marido. Piden una de las opciones para dos personas que ofrece la carta, concretamente la que lleva más atún que salmón, en eso siempre han estado de acuerdo los dos.

Ernesto conoció a Rocío en la Facultad de Económicas, aunque allí apenas se relacionaron. Tenían una amiga común y coincidieron en algunas fiestas, pero ni fueron amigos ni quedaron nunca solos, a pesar de que se atraían físicamente, o eso al menos se confesaron años más tarde. Ella creía que tenía novia, una chica rubia muy guapa que siempre iba pegada a él, aunque con el tiempo descubriría que era la hermana y, por tanto, acabó siendo su cuñada. Un día, Ernesto entró en BB con

Camilo y se reconocieron, hacía años que no se veían. La empresa en la que trabajaba estaba empezando a asesorar a Camilo en algunas inversiones para rentabilizar el dinero que estaba ganando con Bocabesada. En algunos momentos era mucho más de lo que se recomendaba tener en cuentas corrientes. O eso decían los expertos, aunque la mayoría de las inversiones que hacían con el dinero de los clientes fueran completamente incomprensibles. Ernesto fue el que llevó la cuenta de Camilo personalmente y se hicieron amigos, así que era cada vez más frecuente que se pasara por la productora para verle y, de paso, coincidir con Rocío, que en aquella época aún no era la responsable del departamento de producción, sino que trabajaba en el financiero. Naturalmente, Camilo se dio cuenta muy pronto de que el ascenso de aquella chica era inevitable. Era más rápida que los demás, era más hábil que los demás, era más inteligente que los demás y era más trabajadora que los demás. A menudo quedaban los tres, se hicieron amigos juntos y por separado. Rocío se sentía bien gustándoles a los dos, Camilo siendo el jefe de los dos y Ernesto queriendo conquistar a los dos de una u otra manera. Cada uno a su modo, se encontraban a gusto en el triángulo. Al principio, Ernesto movió bien el dinero y entre los dos decidieron que él saliera de la empresa en la que trabajaba y se estableciera por su cuenta con Camilo como principal cliente. Todo empezó bien, en las primeras inversiones, le hizo ganar bastante dinero, llevándose también él algunas comisiones, que, aunque eran un poco excesivas, Camilo aceptó priorizando su amistad.

No fue el motivo principal de que las cosas comenzaran a torcerse entre ellos, pero, una noche, Rocío y Camilo tuvieron un encuentro en el que los dos quisieron decir sí sin que ninguno de los dos pensase que era mejor decir no. Una sola noche de la que Ernesto fue consciente, porque Rocío se lo contó, quizá por desahogarse o quién sabe por qué motivo. Camilo y Rocío decidieron en aquel momento no verse nunca más fuera del trabajo y mucho menos volver a acostarse, eso no sucedería hasta bastante tiempo después. Al fin y al cabo, ella era una empleada cada vez con más proyección, y no sería bueno que en BB se relacionase una cosa con la otra. Rocío se distanció de su jefe y se acercó aún más a Ernesto, que, casi al mismo tiempo, empezó a errar en el manejo de las finanzas de Camilo, que acabó perdiendo lo que había ganado anteriormente, incluso un poco más. A los pocos meses, este quiso romper su relación profesional y Ernesto la personal. En realidad, nunca había superado los celos que le provocaba imaginar a su amigo con Rocío. Ellos siguieron viéndose y casi por inercia empezaron un noviazgo que a los seis meses acabó en boda. Fue una ceremonia discreta a la que Camilo tuvo el detalle de no asistir. Pasaron días, meses, y Rocío y Ernesto superaron un año de matrimonio fiel..., pero son muchas horas, de muchos días, de muchos meses, conteniendo la tentación al lado de Camilo. Uno de esos días cualquiera, él cerró la puerta de su despacho, después de una reunión que ninguno de los dos recuerda, y se besaron. Él quiso hacerlo y ella no quiso evitarlo. En ese instante volvió a empezar una historia que nunca se había acabado.

Rocío sumerge su nigiri en la soja mezclada con wasabi y se lo lleva a la boca con los palillos. El Madrid ha perdido y la liga se le pone muy difícil. Ernesto no piensa mostrar su enfado. A su mujer nunca le pareció interesante un hombre que se preocupa demasiado si pierde su equipo. Prefiere hablar de lo bueno que preparan el sushi en este sitio. Ya llevan juntos unos días desde que decidió volver a casa, hay heridas que cerrar. Con Camilo muerto, eso resultará más fácil. Los muertos provocan menos celos.

Martín está terminando su novela. Va avanzando hacia el final mientras rehace parte de los primeros capítulos. La historia está siendo distinta a la que tenía en la cabeza cuando la empezó. Ana ha vuelto a Madrid sabiendo más sobre Martín que cuando se marchó a Nueva York. No puede precisar si está más feliz, sospecha que no, pero sí distinta. Menos inocente, quizá. Ahora las dudas son otras, pero tampoco tiene certezas. «Es posible que Martín sea un impostor..., pero es un impostor maravilloso»; «Un narcisista encantado de serlo..., pero y quién no», Ana duda y se responde al mismo tiempo. Con Martín no hay futuro, y qué importa. Ella, que lleva preocupada por el futuro desde que se quedó embarazada a los dieciséis años, ahora quiere comerse el presente. Tampoco está tan mal engañarse de vez en cuando, a veces no pasa nada por equivocarse. Desde que se subió al avión para regresar a Madrid, Ana ya tenía ganas de volver a verle. Tal y como ella había previsto, Martín no solo firmó el contrato de cesión de derechos de *Edén* a Bocabesada para la serie que ya se está desarrollando en HBO, también el de su próxima novela, esa que está a punto de acabar de escribir. Le ha prometido a Ana que ella será la primera en leerla. Mirando

Manhattan iluminado desde la ventanilla del avión nada más despegar se le escapó una sonrisa.

Martín siente nostalgia por primera vez desde que se fue a Nueva York. Allí no puede quedarse a vivir para siempre, es algo que ya sabía cuando se fue. Lo normal es regresar a España cuando termine el libro, puede que vuelva a la tele si sigue habiendo sitio para él. La cuenta corriente ha menguado con su escapada y la tele ayuda a reponerse. No solo ha de recuperarse económicamente, también ha abandonado su físico de una manera preocupante. Cada mañana la báscula le devuelve malas noticias, demasiadas *pizzas* y hamburguesas, ausencia de verduras y exceso de dulces. Martín prefiere no detenerse en los detalles de su anatomía, se abrocha los pantalones con esfuerzo y se pone las camisas muy deprisa, casi sin mirarse. Siente que la peor manera de engañarse a uno mismo es meter tripa frente al espejo estando solo. Lo que no se puede ocultar son las ojeras que ya han tornado en bolsas y algunas arrugas en la frente cada vez más profundas. Martín necesita la seguridad de saberse atractivo, incluso para escribir. En eso también quiere ser diferente. Los escritores no suelen ser guapos, quién sabe si es por eso por lo que son escritores. Él no quiere caer en la tentación de convertirse en un intelectual con barriga, al menos de momento.

En España se habla de Cayetano Areces, el ganador del bote de *Pasapalabra*. Es el principal tema de conversación para todo el mundo. Ya nadie se acuerda de Esther Cruz ni de la denuncia de abusos que hizo en el programa de Jaime Jesús Velázquez. Edu Quintana, el actor denunciado, negó los hechos y dijo que lo único que quería la actriz era promoción y fama. A los pocos días, el asunto se politizó, como se politiza todo, y Twitter se convirtió, como siempre, en un enfrentamiento sobre cuál de los dos era la víctima. Todo acabó en un combate ideológico sobre fachas y rojos, mujeres y hombres, ricos y pobres, feminismo, machismo, feminazis, machirulos, la República, Franco... Tanta sobreactuación en las redes, de los políticos y de los tertulianos acaba saturando, la gente se cansa, el ruido va desapareciendo y el escándalo pasa al olvido. A los cinco días, la gente sustituye un tema de conversación por otro hasta que llegue el siguiente. Los que más indignan, los de mayor enfrentamiento, son curiosamente los que menos duran en el tiempo; es normal, porque la gente se desgasta mucho hablando de sus abuelos en las cunetas, unos, o de que el comunismo acabará con la humanidad, los otros. Cansa menos frivolizar un poco.

Una boda, una separación y, sobre todo, una infidelidad son cuestiones más agradecidas para los desayunos en los bares o para las sobremesas de las comidas de trabajo.

A Rocío y a Ana también les cuesta hablar de si Camilo fue capaz de amenazar a esa actriz con hundirle la carrera. Y si no se habla, se olvida y si se olvida, simplemente no existió. Es más fácil no creer a esa chica, él ya no se puede defender. Vamos a dejarlo así.

De lo de Cayetano Areces se está cotilleando desde hace semanas. Resulta que ha declarado que es gay, y la novia que tenía dice que es una excusa para dejarla y no compartir el dinero con ella. Él ha presentado a su novio nuevo en una revista, declarando que no era tan nuevo, sino que lo tenía oculto. El chico, Juli se llama, ha posado junto a Cayetano en un reportaje en el que ambos se hacen fotos en una casa en la que hay una chimenea encendida. «Mi novia era solo una tapadera», fue el titular. La novia no lleva nada bien que la llamen tapadera y mucho peor no disfrutar ni un euro del premio. Ella, que tuvo que aguantar, y mantener económicamente, a Cayetano mientras estudiaba durante dos años para ganar el dichoso bote. En una entrevista exclusiva para otra revista distinta en la que posaron Cayetano y el tal Juli, ha asegurado que ha puesto el caso «en manos de sus abogados» para reclamar lo que le corresponde. En la misma entrevista ha dado a conocer su nueva cuenta de TikTok y ha declarado que le gustaría dedicarse a «algo que tenga que ver con los medios». No sabe si ser actriz, grabar un disco o escribir algún libro. A lo mejor hace las tres cosas.

En el repaso de la séptima versión del guion del capítulo tres de la serie *Edén*, Garo se levantó de la mesa en la que estaba reunido con Nacho Blázquez, Nuria Cadenas y el responsable español de HBO, y muy despacio y muy torero se dirigió hacia la puerta de la sala, y, moviendo su mano derecha, saludó a los presentes como lo hacen los matadores al recoger una ovación en la plaza de Las Ventas. «Muchísimas gracias por todo», abrió la puerta y se marchó dejando a los directivos con la palabra en la boca. Esa última palabra que escuchó de su boca fue «chicha». «A este guion le falta chicha», coincidieron los tres. Fue la gota que colmó el vaso después de otras seis o siete versiones de los guiones de los dos primeros capítulos, una estupidez más. La última que Garo pudo aguantar antes de perder los estribos y empezar a imaginar que acabaría con los directivos de una estocada en todo lo alto, montando la espada así y hundiéndola hasta el fondo por el mismo hoyo de las agujas. Antes de ejecutar un volapié a esas personas y considerándose alguien civilizado, prefirió marcharse dando las gracias. Paula Camino no pudo asistir a esa última reunión, pero, al contarle Garo lo de que al guion «le faltaba chicha», se le escapó una carcajada. Ella no sabe qué pasará con la serie, pero de momento prefiere continuar en el proyecto, aunque sea haciendo una versión tras otra. Está trabajando en varios guiones, *Edén* es uno más, algunos saldrán y otros no, pero ella mientras tanto va pagando el alquiler sin dificultades y viviendo holgadamente, que es de lo que se trata. Ser guionista es un oficio en el que se trabaja para los demás y a menudo se escriben cosas que no te gustan; es lo primero que se tiene que asumir cuando uno se dedica a eso. Los mejores guionistas son los que escriben bien aquello que se les encarga, no es imprescindible que les guste. Tal cual sucede en *Edén,* en muchos proyectos de ficción en España se pretende hacer una serie, pero en el proceso se pierde la idea original para terminar realizando algo completamente distinto, casi siempre menos arriesgado, más convencional, demasiado parecido a lo que ya hay. Siempre hay un responsable que zanjará el debate creativo con una frase que, invariablemente, comienza de la misma manera y que dicha de forma solemne no deja espacio para más discusiones: «Es que lo que la gente quiere ver es...», para después añadir su propio criterio basado en un algoritmo que acaba diciendo lo que hay que escribir, cómo hay que rodarlo y quién lo ha de interpretar. Nunca hay espacio para lo sutil, todo lo que los personajes sienten lo tienen que verbalizar y todo lo que sucede se tiene que ver.

Garo cerró por fuera la puerta del despacho muy despacito. Él no tiene ni idea de algoritmos, él sabe que lo más importante en una historia, como en la vida, es eso que pasa y no se ve.

Ana, Jennifer y Rocío, con Antonia en brazos, lloraban mientras una máquina elevadora subía despacio el ataúd de Camilo hasta la tercera fila de nichos para introducirlo en el segundo hueco empezando por la izquierda. Las tres pensaban lo mismo sin compartirlo: Camilo murió solo, de la misma manera que vivió. No saben si les provocó más tristeza pensar en su muerte o en su vida. El ruido de la elevadora con dos operarios encima distraía a Antonia del llanto de su madre y de las otras dos mujeres. Cuatro chicos, más o menos de la misma edad que Camilo, completaban la comitiva. Los cuatro le querían, más o menos. Le querían de esa manera que se quiere por la noche con alcohol, coca, abrazos y risas a destiempo. Ahí estaban los cuatro en el cementerio, mirando el ataúd, atónitos ante la revelación de que la muerte existe.

Una vez colocado el féretro justo enfrente del hueco que está abierto, los operarios lo deslizaron hasta su interior. Era el segundo entierro de la mañana, antes de que se fueran a comer deberían repetir la operación algunas veces más. Mientras esparcían la silicona para sujetar la tapa provisional, Rocío dio un beso en la mejilla a su hija y Ana se acercó para abrazarlas a las dos. Los cuatro amigos se marcharon con sus gafas de sol oscuras, como tantas veces al salir del *after*. Jennifer se despidió con un gesto y se fue andando por la calle asfaltada que atravesaba el campo de tumbas. Caminando sola le sobrevino un llanto incontenible, le venían a su cabeza decenas de imágenes desordenadas con la cara de Camilo. Aquella primera mirada desde el pasillo cuando la vio follando encima de su padre y aquella última mirada en el restaurante en el que le pidió matrimonio y ella le dijo que sí, pero que no. Qué distintas serían ahora las cosas si hubiera aceptado ser su mujer. No quiere reparar en eso, pero tampoco lo puede evitar. «Hice lo correcto», Jennifer no quería atarse a Camilo, deseaba seguir siendo libre, se autoconvence. No lo logra del todo, ese pensamiento la persigue desde que se enteró de su muerte. Ella tendría ahora dos tercios de la empresa de haber aceptado aquella noche una boda sin condiciones. Siente rabia por eso que podría haber sido y no se gusta por sentirla.

Los abogados de Bocabesada dieron la voz de alarma. Camilo había muerto sin descendencia, tampoco estaban vivos ni su padre ni su madre. Bocabesada, de la que Camilo era dueño en sus dos tercios, no tenía herederos. Seguramente entraría el Estado para buscar primos, algún tío, familiares hasta de cuarto grado. Si no se remediaba, ellos se quedarían con la mayor parte de la empresa.

Rocío cerró la puerta del despacho y les contó su secreto a los dos abogados.

Una productora de series de televisión que está en un portal que está en una calle que está en uno de los mejores barrios de la ciudad.

En BB todo ha vuelto a funcionar de una manera mecánica; de nuevo la normalidad tras la muerte de Camilo hijo; la mayoría ha aceptado que se trata de una especie de maldición, de qué otra manera puede explicarse que una familia desaparezca. El destino. «Contra eso no se puede luchar», esa frase con la que asumimos sin rechistar todo lo que nos pasa. Madre, padre e hijo muertos, no había más familia, salvo la de BB, que ahora seguirá sin ellos. «Qué remedio». La vida siempre se impone.

Ana se sienta detrás de su mesa, que ya es otra mesa distinta a la de antes. Sigue siendo la primera en llegar; le gusta este rato sola hasta que la productora se va llenando, algo que ahora observa desde la cristalera de su nuevo despacho. Al lado de su ordenador hay una foto de Daniel, es su preferida. Es de hace cinco o seis años, es todavía muy niño en la imagen. Le gusta por la sonrisa que tiene el chaval en ese instante en el que se la hizo. Es la risa de un niño feliz, esa felicidad que no se puede fingir. Cuando la mira siente orgullo de lo que ha sido capaz de hacer con él. Ana mira su móvil, tiene un mensaje de Martín en el que le confirma que se pasará a verla por la tarde, quiere darle su novela en mano. Así quedaron anoche.

Ernesto para el coche en segunda fila justo enfrente del portal. Rocío se vuelve para mirar a Antonia antes de bajarse, la niña está dormida en su sillita en los asientos de atrás. «Nos vemos luego», dice él justo después del beso de despedida. Ella desciende del vehículo y se dirige al portal, él mira a la pequeña por el retrovisor, a la que no le ha inmutado el ruido que ha hecho su madre al cerrar la puerta. Ernesto arranca deprisa, tiene que dejarla en la guardería antes de ponerse a trabajar; ahora lo hace desde casa. Un día más. Le gusta la rutina que ha construido con ellas desde que volvió. Anoche Antonia dijo «papá», señalándole. Al menos eso oyó él y Rocío no le quitó la razón. Es su padre, lleva su apellido y si no fue exactamente «papá» lo que la niña dijo anoche, ya lo dirá más adelante.

Rocío y él están pensando en cambiarse de casa y mudarse a este barrio, más cerca de BB. La mejor zona de Madrid, también la más cara, pero ahora sí se lo pueden permitir. Le hace ilusión tener un salón grande para ver los partidos en una pantalla de ochenta pulgadas y está pensando en hacerse también un despacho para trabajar; le encantaría que tuviera vistas al parque del Retiro. Ernesto mira por el retrovisor a su hija, que sigue durmiendo con esa paz con la que solo son capaces de hacerlo los bebés.

El ADN demostró que su padre era Camilo Orellana y para ella fue todo lo que había heredado su hermano. Hace un día precioso en Madrid.

A veces, Ernesto se acuerda de Camilo, de lo que tenía y de lo que ahora disfruta él. Siempre que lo piensa se le escapa una sonrisa.

Rocío saluda al nuevo portero del edificio que ha contratado la comunidad de vecinos. Se llama Luis Ángel y acaba de limpiar los cubos de basura con la manguera a presión. Es de una estatura parecida a la de Jacinto y lleva un traje gris de paño y una corbata negra. Nunca se ha atrevido a preguntárselo, pero espera que ese uniforme sea nuevo y la comunidad no haya aprovechado el anterior. «Buenos días, señorita», Luis Ángel hace casi una reverencia a Rocío. Quiere hacer bien su trabajo, espera que este le dure mucho tiempo, así que se esmera en ser servicial con todos los vecinos a los que va conociendo poco a poco. Ya sabe que a ella hay que tratarla bien porque es la dueña de Bocabesada, la productora que hay en el cuarto piso.

Martín entra por la puerta de la clínica Areta. Le avergüenza reconocer esa necesidad de estar guapo, o más bien pedir ayuda para estarlo. Serlo debe ser algo inevitable, no habría que hacer ningún esfuerzo, al margen de elegir la ropa adecuada. Hasta hace muy poco, Martín mantenía su atractivo de esa manera, incluso el no cuidarse en exceso era una parte de ese atractivo. «No me he puesto una crema en mi vida», presumía. Delgado por naturaleza, la mirada dura y accesible, una sonrisa limpia, piel gruesa y morena..., no había mucho más que hacer. Ahora, las leves ojeras que le daban personalidad a su mirada son bolsas oscuras; la camisa, necesariamente cada vez más grande, no puede esconder los flancos prominentes, como si llevara un par de cantimploras, una a la altura de cada riñón. Aquella espalda en forma de V tiene cada vez más forma de A. La chica de recepción le lleva a una sala de espera en la que está solo, hay otra más concurrida, pero sería incómodo para una persona conocida. Celia sale a recibirle con una gran sonrisa y le conduce a un despacho. Le da recuerdos de Nacho. Él fue quien le recomendó la clínica estética en la que trabaja su mujer para arreglarse lo que se quiera arreglar. También le contó que ha decidido escribir cuentos cortos, no tiene tiempo suficiente para embarcarse en una novela. Tiene uno a medio hacer sobre dos compañeros de trabajo que se convierten en amantes, ha escrito tres folios en un mes. Lo está rematando.

«Quitarme las arrugas de los ojos, reducirme las bolsas, hacerme una liposucción para eliminar el flotador que rodea mi cintura y alisarme un poco la frente...», todo esto es lo que Martín tiene pensado y lo que le gustaría haberle dicho a Celia, pero no se atreve. «No lo tengo muy claro, algo para mejorar», es lo que finalmente dice esperando que sea ella la que le proponga. «Ya», replica comprensiva y le indica: «Desnúdate de cintura para arriba y desabróchate el pantalón, luego hablamos de la cara». A Martín le apetecería huir de ahí, se siente ridículo mientras Celia le señala todas las partes de su cuerpo en las que sobra grasa. Abdomen, cintura, la parte lumbar y las tetas. Sí, lo que no hace tanto eran pectorales ahora son tetas por méritos propios. «¿Se puede?», una mujer con bata entreabre la puerta. «Pasa, Adela», Celia la invita a entrar y se la presenta a Martín como «mi ayudante». Martín, con el torso desnudo y los pantalones desabrochados, la reconoce. «Me alegro de verte», sabe que es Adela Cifuentes, la actriz transexual que ha hecho algunos papeles en series. Fue muy sonado el puñetazo que le dio a la directora de la serie en la que estaba trabajando. Adela se sienta al lado de Celia, que va enumerando todas las cirugías estéticas posibles de cara y de cuerpo. La siguiente cita ya será con el doctor Areta para concretarlo todo, si finalmente se decide a hacerse algún retoque. Celia, Adela y Martín se ponen al día antes de despedirse. Adela le confiesa que le encantó *Edén* y Celia que le gustó más la anterior novela, que iba de una camarera que tenía una madre tuerta. Martín les cuenta que ya ha terminado su siguiente libro, que se publicará en unas semanas y que esta misma mañana tiene una reunión para hablar de convertirla también en una serie. «Adela, hay un personaje que podrías interpretar tú, lo sabrás en cuanto lo leas», Martín lo tiene muy claro. Ella se queda pensando y sonríe. Le acaban de proponer un papel y no ha sentido la más mínima emoción, tiene claro que ahora, definitivamente, está justo donde quiere estar. Adela mira a Celia y luego a Martín, «Gracias, pero yo ya no soy actriz».

En la esquina de la calle, Miguel abre las tres persianas metálicas pintadas de blanco de Flores Marisa, mientras su novia, Marisa, saca plantas y flores del interior, que van ocupando parte de la acera convirtiéndola en una especie de jardín en miniatura... Dentro de un rato vendrá César para echar un vistazo al que fue su negocio y saludar a «los chicos», así les llama. Está un rato hablando con ellos en la tienda y les da consejos que, en general, no sirven para nada, porque los chicos «llevan el negocio de maravilla». César está contento de haber acertado con ellos. Después invita a café a Miguel en La Torreta, donde se pasan un rato hablando de cualquier cosa en la que aparezca Jacinto. A Miguel, César le recuerda a su padre, y, a César, Miguel le recuerda a su amigo. En ese café siempre parece que son tres. Algunos días, César viene con Marisa a la floristería, pero esta mañana no lo hace porque tiene que preparar las maletas. Desde que traspasaron el negocio no paran de viajar, ya han estado en Londres y en Berlín y mañana salen para Nueva York. A Marisa ya no le importa que esté tan lejos, le está cogiendo el gusto a eso de volar.

Rocío ha empezado la reunión que tiene cada semana con Laura, Carmen, Eugenia y Pilar. Repasan números y dificultades de la producción de cada serie, desde la empresa de *catering*, permisos para rodar en exteriores, cuadrantes para las sesiones de los actores, en qué se puede ganar más dinero y perder menos para que todo cuadre. Sin ellas, todo sería peor y más difícil, así fue siempre. Laura, Carmen, Eugenia y Pilar continúan trabajando en sus cuatro mesas pegadas, están a gusto y siguen con sus vidas, tan distintas y tan comunes que comparten cada mediodía a la hora de comer. *Iguales* ha vuelto a emitirse, se olvidó el escándalo de la misma manera que se olvida todo. En las redes apenas ha habido algunas protestas y la audiencia es comparable a la de las dos primeras temporadas. Pronto se volverá a negociar para grabar la cuarta, aunque sin Edu Quintana. Siempre hay que tener un detalle por si acaso alguien puede decir que no se ha hecho lo suficiente. Ya están pensando en otro actor guapo, qué más da uno que otro. Esther Cruz va a trabajar en otra peli de Bocabesada, dice que quiere olvidar aquel suceso y continuar su carrera. Para lo primero se lo van a poner fácil, para lo otro ya se verá.

Rocío termina la reunión pidiéndole a Laura que localice al guionista Luis Recio, los de HBO se han empeñado en recuperarle para que escriba la serie *Edén*. Están convencidos de que tiene que ser él.

A Eduardo Cavestany Pla le han reservado una vez más una habitación en el hotel Four Seasons, en el centro de Madrid. Él no puede hacerlo directamente con su nombre, pero para eso siempre hay alguien. Él suele confiar en un amigo al que nombró asesor una semana después de hacerse cargo del Ministerio de Cultura. Jennifer sabe que siempre que la señora Jaqueline le propone un servicio en ese hotel el cliente es el ministro, al que ya llama por su nombre. La tercera vez que se vieron se confesaron sus identidades y que ya las sabían desde la primera cita. No se han dado los teléfonos, Jennifer prefiere que esta relación siga siendo profesional. Ella llega a la habitación con un pantalón vaquero y una sudadera, ha salido hace media hora de un rodaje y no le ha dado tiempo a arreglarse más. A Eduardo no le importa, casi prefiere esa naturalidad a la sofisticación, innecesaria en el caso de Jennifer. Tan joven, tan bella, tan perfecta. Ella llega un poco tarde y él tampoco tiene demasiado tiempo, solo el suficiente para hacer lo que han hecho en los últimos encuentros, casi una rutina. Ella se tumba y él mete la boca entre sus piernas y se come su coño hasta que ella se corre. Él siempre fantasea con ese sonido, el de la voz de Jennifer teniendo un orgasmo. Ese grito ahogado, largo, mientras su cuerpo vibra como el de los condenados al recibir la primera descarga en la silla eléctrica. Después de una pausa, es él el que se tumba, ella se sube encima y se mueve hasta que el ministro termina, casi siempre a los pocos segundos de estar dentro de Jennifer. Verla desnuda encima de él le parece irresistible y ni siquiera hace un esfuerzo por contenerse. No serviría de nada, que más dan diez segundos más que menos. Jennifer y Eduardo suelen quedarse hablando un rato desnudos en la cama antes de marcharse cada uno por su lado. Él le cuenta a veces curiosidades del Gobierno, sobre todo líos de faldas, y ella algunos pormenores de los rodajes. Jennifer está contenta en la última serie para la que la han contratado, no tiene demasiadas sesiones y le permite compaginarlo con su otra vida; Eduardo cree que permanecerá en el Gobierno después de la siguiente crisis, él tiene perfil bajo, no hacer ruido es la mejor manera de mantenerte en política. Hoy no puede quedarse mucho rato porque tiene que preparar el Consejo de Ministros de mañana. Al parecer, se va a aprobar un proyecto de ley para abolir la prostitución. «En una sociedad avanzada estas cosas son intolerables».

Ana sale a recibir a Martín a la puerta de su despacho y se dan dos besos en las mejillas. Anoche se acostaron juntos, pero hacen como si esta fuera la primera vez que se ven desde que Martín regresó a España. «Me encanta tu despacho», le dice Martín mientras ella mira a su alrededor con cierto orgullo. «Aún falta decorarlo a mi gusto, pero estoy contenta», responde y, los dos se sientan, cada uno a un lado de la mesa. Ana nunca había tenido un despacho, pero Rocío quiso que se instalara en este. Hace unas semanas la llamó al suyo para darle la noticia: «Quiero que seas la directora de Bocabesada», además de despacho tendría poder de decisión en la empresa y un sueldo acorde. Rocío le explicó la propuesta con solo dos palabras: «Te necesito».

«¿La has traído?», pregunta Ana. «Sí, aquí la tienes», él saca de una bolsa el manuscrito de su novela. Dentro de unas cuantas semanas estará en las librerías. «Estoy deseando leerla», dice hojeándola por encima.

Martín le asegura que es la novela que más le ha costado escribir y ella espera que, si se convierte en un éxito de ventas, la serie se pueda empezar a desarrollar lo antes posible. Volver a trabajar en televisión ayudará a que eso suceda. O no, nunca se sabe. «Lo que me contaste de la trama tiene muy buena pinta», dice Ana. «Sí, fue un acierto situarla en una productora de series de televisión», se reafirma él. La editorial ha cerrado ya algunas entrevistas para que hable de su novela en varios programas. La promoción arrancará acudiendo como invitado a *Pasapalabra*.

Martín se levanta para marcharse y Ana para despedirle. Se dan otros dos besos en las mejillas, seguramente volverán a verse el fin de semana. Él va camino de la puerta y ella le mira de espaldas mientras se aleja. «Definitivamente ha engordado, debería empezar a cuidarse», piensa.

Ana vuelve a su mesa y coge el manuscrito. Le dice a la chica de recepción que no le pase ninguna llamada. Abre la primera página de la novela y empieza a leer:

> *Una maleta azul oscura da vueltas encima de la cinta número dieciséis que sigue girando indiferente y olvidada. Hace rato que desaparecieron de su alrededor los viajeros soñolientos que pasaron la noche en el avión, caras cansadas, esa forma de sentirse sucio cuando se duerme vestido, que no es dormir ni no dormir, el pelo desordenado, el sabor espeso de la boca y el bostezo inevitable.*
>
> *Esa maleta azul era una más entre otras, grandes o pequeñas, bolsas de viaje, bultos de formas indefinidas, un par de carritos de niño y mochilas tan llenas que parecen a punto de estallar. Todo ha ido*

desapareciendo junto a sus dueños, camino de la parada de taxis, del metro, de los autobuses, en busca de la ciudad que les absorberá, cada uno por su lado. La maleta azul hace rato que dejó de ser una más para convertirse en única, solitaria e inquietante, a la espera de que alguien la saque de allí o de que al menos detenga ese movimiento circular hacia el mismo sitio...

Agradecimientos

A Juan, Pau y Olivia, por haberme dejado no estar mientras escribía.

A Laura Llopis, por ponérmelo siempre tan fácil para escribir.

A Myriam, porque contigo soy mejor escritor.